AF237393

Bibliografische Information der Deutschen
Nationalbibliothek: Die Deutsche Nationalbibliothek
verzeichnet diese Publikation in der Deutschen
Nationalbibliografie; detaillierte bibliografische Daten
sind im Internet der dnb.dnb.de abrufbar.

Impressum:
© 2022 René Nafziger.
Titel: 5 gegen Madelaine. 2. Auflage
144 Seiten
Herstellung und Verlag: BoD – Books on Demand,
Norderstedt
Image by Cinthia Lopez Inga from Pixabay

ISBN: 9783756205646

5
gegen
Madelaine

Ich bin das Wort. Und ich war bei Gott! Aber nun bin ich bei euch wie so viele andere meiner Gesellen. Die Geringeren von uns, was tut ihr nicht alles mit ihnen: Ihr sprecht sie, ihr schreibt sie, ihr schmiert sie auf Toilettenwände, an U-Bahn-Stationen auf den Beton, an Häuserfassaden, in den Sand, ritzt sie in Baumrinden und auf Tische im Klassenzimmer, selbst in eure eigene Haut.

Aber nur wenige von uns sind für die Ewigkeit geschaffen, um zu mir zurückzukehren. Ich bin ihr Vater, ihre Mutter, ihr Bruder, ihre Schwester, sie gehören zu mir, wie ich zu ihnen.

Und selten beobachte ich das Treiben meiner Geschwister unter euch Menschen. Was richten sie nicht alles an, die Hellen und die Dunklen, aber vor allem die Dunklen: Streit, Kränkungen, Scheidungen, ja sogar Kriege. Die Schwärzesten von ihnen nisten sich in euren Geistern ein und verdunkeln den Diamanten, der eure Seele ist, von innen. Ja, Tag und Nacht, diese beiden, es gibt sie auch unter den Worten. Und wehe dem, der die Nacht wählt, er wird der Dunkelheit fluchen!

Aber gekommen bin ich aus Neugier, als ich zufällig das Treiben meiner Lieben beobachtet habe. Siehe da! Es wurde über Worte diskutiert, geschriebene.

Aber geblieben bin ich wegen Madelaine oder Magdalena, wie sie auch genannt wird. Ich möchte sie Madelaine nennen, vielleicht weil es ein wenig zarter und leichter klingt.

Aber lassen wir sie selbst erzählen.

Ich bin total aufgeregt. Die erste Übertragung findet im Bayrischen Hof in München statt, live! Das heißt, man sieht alles, kein Fehler kann retuschiert werden. Wenn ich stottere, wird ganz Deutschland, was sage ich!, die Österreicher und die Schweizer werden auch über mich lachen. Ich habe mein grünes Kostüm angezogen, hellgrün, mit weißen Streifen über der Brust, die mit verspielten, schwarzen Tupfern übersät sind. Lilly hat mir dazu geraten und wenn dir deine beste Freundin etwas rät, dann machst du das auch, ich jedenfalls.

"Es wirkt seriös!", hat sie gesagt.

Meine Haare habe ich hinten zu einem Zopf zusammengebunden, Mittelscheitel, etwas Lipgloss, ein wenig Wimperntusche, nicht zu aufdringlich, schließlich kommen nur hohe Tiere: ein Professor, Gunter Großmund, dessen Roman "Gold und Kaviar" ich sogar gelesen habe. Gut, ich war nicht allzu begeistert, aber der Mann ist bekannt wie ein bunter Hund. Ein Schauspieler, eine Lektorin hat man auch dazugeladen. Und eine Schülerin, die wahrscheinlich genauso wenig von Literatur versteht wie ich. Wenigstens blamiere ich mich nicht alleine. Ich zittere am ganzen Körper, als ich mich dem Foyer des Bayrischen Hofs nähere. Ich komme mir völlig fehl am Platz vor. Bayrischer Hof, vielleicht könnte ich hier mit meinem Jahresgehalt eine Woche leben. Ich ziehe meinen Zopf zurecht und streife mein Haar nach vorne. Vielleicht sieht das nicht ganz so verkrampft aus.

"Dein fuchsrotes Haar passt perfekt zu dem Grün deines Kostüms", meinte Lilly.

Ich hoffe es inständig. Ich bin jetzt schon ein Nervenbündel.

Augen zu und durch, denke ich, hole tief Luft und stakse die Treppen zum Foyer hinauf. Bayrischer Hof, ich komme!

Das Foyer im Bayrischen Hof kommt mir vor wie eine Kathedrale, die riesige Glaskuppel, teilweise in hellem Pastellgelb und - blau, die mit Stuckarbeiten verzierte Decke, die Säulen an der Wand, die scheinbar die Kuppel tragen, der rot-braune Samtteppich. Es stehen schon ein paar Leute herum, Besucher vermutlich, die bei der Übertragung dabei sein dürfen. In dem marmornen Kreisrund unter der Kuppel ist mit schlichten Ledersesseln in Weiß eine Art Kaffeekränzchen zusammengestellt. Zwei

Kamerateams, links und rechts. Wo soll ich hin?

Ich lächle die Leute an, krampfhaft, halte mein cremefarbenes Ledertäschchen schützend vor meinen Bauch. Die Leute sehen alle verdammt beschäftigt aus oder sind in Gespräche verwickelt. Ich blicke mich hilfesuchend um. Schließlich steuere ich auf einen Kameramann zu. Vermutlich müssen die mich noch schminken. Wie im Kino.

"Du wirst ein Star sein!", meinte Lilly. Wenn du wüsstest, Lilly, wie das hier ist, auf dem Präsentierteller und dabei hat es noch nicht einmal angefangen.

Ich habe den Kameramann fast erreicht, als mich jemand von der Seite anspricht.

"Madelaine, schön, dass Sie endlich da sind!"

Ich zucke zusammen.

"Susen Kotzbühl!, aber nenn' mich einfach Susen!" Die Moderatorin schüttelt mir die Hand.

Ich kenne sie natürlich aus dem Fernsehen: Groß, schlank, elegant, ein kurzer Haarschnitt, kaum bis über die Ohren. Auffallend ihre geschwungenen Wimpern und ihr forscher Blick, mit dem sie ihre Opfer seziert. Aber jetzt ist sie wie eine rettende Hand. Mein Lächeln wird noch breiter.

"Ja!", sage ich. Mir fällt nichts weiter ein. Gott, bin ich unfähig.

"Wir gehen uns erstmal schminken!", meint die Kotzbühl oder Susen. Mit dem Du kann ich noch nichts anfangen.

Sie legt ihre Hand auf meine Schulter und führt mich sanft zu den seitlichen Flügeltüren hinaus in ein Nebenzimmer, wo meine Kombattanten sitzen. Zwei ältere Herren, eine ältere Frau, vermutlich alles Professoren und Nobelpreisträger.

Mein Blick bleibt an einer jungen Frau hängen: Schwarzes, schulterlanges Haar, ein weißes Kostüm mit einem Ausschnitt bis fast zum Bauchnabel. Sie lächelt mich an.

Das muss die Schülerin sein, denke ich. Verdammt, die ist tausendmal entspannter als ich, vielleicht ist das Ganze hier nur ihr zigstes Tik-Tok-Video oder ihr soundsovielter Instagram-Feed. Alle professioneller als ich, selbst die Kinder.

"So!", sagt Susen, "Anastasia! Machst du sie fertig!" Sie nickt einer der Maskenbildnerinnen zu und drückt mich sanft in einen Sessel.

Ich will nur ein bisschen Rouge, wegen der Kameras, denke ich, damit ich nicht so bleich wirke. Aber Anastasia sieht aus wie die Katze von Alice im Wunderland, bunt durch und durch.

"Wir sehen uns!", haucht mir Susen ins Ohr und ist schon wieder verschwunden.

Anastasia beugt sich zu mir herunter und studiert einen Augenblick mein Gesicht. "Wir machen dir nur ein bisschen Farbe, damit du nicht so blass wirkst. Keine Sorge!"

Verschnaufpause, denke ich, wenigstens jemand, der dich auf Anhieb versteht. "Ich wollte nicht so viel auftragen!"

Anastasia nickt. "Würde ich auch nicht! Du wirkst auch so auf die Leute! Außerdem passt das farblich gut zu deinem Kostüm. Und deinen Haaren."

Ich lehne mich zurück, während mir Anastasia ein wenig mehr Gesichtsfarbe verpasst. Der Herr gegenüber im anthrazitfarbenen Anzug, mit Weste und dunklem Schlips zwinkert mir zu. Ich werde rot.

Gott sei Dank, steht Anastasia mehr oder weniger vor mir und pinselt mir sozusagen die Röte aus dem Gesicht.

Was soll das?, denke ich. Ich blicke kurz zurück. Der Typ schaut mich halb väterlich, halb flirtend an. Instinktiv blicke ich an mir herab. Anastasia hält kurz inne. Dann hebt sie mein Kinn wieder in die Höhe.

Lilly hatte Recht. Mein Kostüm hat keinen Hauch von erotischer Ausstrahlung. Und das ist auch gut so. Vielleicht meint der Typ es ja nur gut. Ich lächle ihm kurz zu und wende mich dann ab. Wenn du flirten willst, such dir jemand anderen. Mein Blick bleibt an der Schülerin hängen, die mir schräg gegenüber sitzt. Die sieht definitiv älter aus als ich, und auch reifer, denke ich zerknirscht, auch wenn sie vielleicht gerade erst 18 geworden ist.

Warum sehe ich so verdammt kindisch aus?

"Fertig!", sagt Anastasia und lächelt mich an. Meine Selbstzweifel werden unterbrochen. Ich kann jetzt eh nicht mehr zurück.

Auch die anderen haben sich erhoben. Unsere Gruppe ist fertig.

"Danke!", flüstere ich und blicke kurz zu den anderen. Der Typ unterhält sich mit Gunter Großmund, den ich wie ein lebendes Fossil anstarre. Als ich mir dessen bewusst werde, mache ich mich auf, zurück ins Foyer, alleine. Sicherlich werden uns auch die anderen noch alle vorgestellt.

Kein guter Anfang, dachte ich. Madelaine! Warum sprichst du soviel mit dir selbst? Warum? Je länger du diese Ungestalten aus dir hervorholst, desto mehr werden sie zu einem krüppeligen Pferd, auf dem du daherkommst, ein Spott für alle, die deinen Einzug betrachten. Aber wie die meisten Menschen ist auch Madelaine nicht zu helfen. Sie sucht sich die Brunnenzieher, wie ich meine Gesellen nenne, die euch entstellen und sich in eurem Geist breit machen. Am Ende ist das Kind in den Brunnen gefallen, wie es so schön heißt. Hör auf damit!, sage ich. Sei still mit dir selbst. Die Produktion muss nicht immer laufen. Lass auch mal Sonntag sein!

Vergeblich!

Das Foyer hat sich gefüllt. Um die Kuppel herum sitzt ein gemischtes Publikum, vielleicht an die 100 Personen, die meisten schon erwachsen, aber auch ein paar Jugendliche. Schließlich wird das hier live übertragen.

Die Kotzbühl weist uns die Plätze zu. Hier in der Öffentlichkeit kann ich mir ein 'Susen' nicht mehr vorstellen.

Direkt unter der Kuppel stehen sieben lederne Sessel, an deren Seite jeweils ein kleiner Beistelltisch für Getränke steht. Ein Kellner geht herum und nimmt Bestellungen auf. Ich lasse mir einen Cappuccino mit Sahne und eine Flasche Wasser bringen und setze mich vorsichtig hin. Es dauert kaum einen Augenaufschlag und schon steht mein Cappuccino auf meinem Tischchen. Ich nehme die Tasse sofort in die Hand. Ich zittere. Ich schlürfe die Sahne ab, damit ich nicht aus lauter Nervosität etwas verschütte. Ein Mann vom Fernsehteam kommt zu mir und steckt mir ein Mikrophon an das Revers meines Kostüms. Automatisch werde ich stiller. Die Sahne von meinem Cappuccino lecke ich vorsichtig herunter. Wenn ich mir vorstelle, dass mich jemand würde schlürfen hören!

Die Umgebung um das marmorne Kreisrund unter der Kuppel wird abgedunkelt. Nur wir sitzen von Fernsehleuchten angestrahlt mitten im Raum. Wie unter einem Brennglas. Es geht los.

"Herzlich willkommen!", beginnt die Kotzbühl.
"Daheim, zu Hause, und hier natürlich, meine
erlauchten Gäste." Sie macht eine ausladende
Geste in unsere Runde. Die Kamera schwenkt
herum. Ich starre in die Linse und bringe meinen
Cappuccino langsam zum Tisch hinunter. Gott,
daran muss ich mich erst gewöhnen. Ich komme
mir vor wie vor einer Laserkanone. Ein falsches
Wort und ich bin tot.

Schließlich hält die Kamera wieder vor der
Moderatorin. Da ich leider den Platz rechts von ihr
zugewiesen bekommen habe, bin ich ständig unter
Beobachtung. Bin ich auch auf dem Bild?

Die Kotzbühl fährt fort. "Wir beginnen heute mit
unserer ersten Runde **Wettkampf, aber
wörtlich!**" Grund der Auseinandersetzung?
Unsere erlauchte Runde wird verschiedene Werke
diskutieren und entscheiden, ob sie im
Literaturkanon aufgenommen werden sollen,
einem neuen, modernen Literaturkanon, der für
das dritte Jahrtausend taugt. Das heutige Thema:
Woyzeck von Georg Büchner. Dazu gleich mehr."
Sie hält kurz inne. "Aber zuerst die Regeln: Es darf
gestritten, aber nicht beleidigt werden. Jeder hat in
etwa die gleiche Redezeit. Sie brauchen sich also
nicht gegenseitig niederzuschreien." Sie lächelt in
die Runde.

Keine Ahnung, wie die anderen drauf sind. Aber
ich werde sicherlich mit meiner Redezeit

auskommen. Ich kann mir kaum vorstellen, mehr als zwei Sätze hintereinander zu sagen.

Ich betrachte die Kameras und nippe nervös an meinem Cappuccino. Ich kann keinen klaren Gedanken fassen. Ich schaue nach links und höre der Kotzbühl weiter zu.

"Aber das ist noch nicht alles. Was nutzt ein Literaturkanon, wenn die Leute die Werke doch nicht lesen? Deshalb: Am Ende unserer Diskussion hat das Publikum das Wort. Wer war am überzeugendsten? Wer hatte die besten Argumente? Das Ranking wird es zeigen. Sie deutet auf einen Monitor, der uns gegenüber aufgestellt ist. "Im Moment stehen alle bei Null. Je nachdem, wie viel Prozent der Stimmen die Kandidaten haben, werden sie dann im Ranking klettern. Es werden also pro Tag 100 Punkte vergeben."

Die Kamera schwenkt wieder herum. Nun aber zuerst zu unseren Gästen. Zu meiner linken begrüße ich Herrn Fritz Gutlach vom Münchner Staatstheater, seit mehr als 20 Jahren Schauspieler in den verschiedensten Rollen."

"23", sagt Gutlach und lächelt freundlich.

"Woyzeck war sicherlich auch mit dabei!"

Gutlach nickt. Er trägt eine tellerartige Mütze mit oben einem Zipfel drauf, irgendsowas Französisches, glaube ich. Dreitagebart, graues, etwas fettiges Haar, freundliche Augen und dicke

Augenbrauen. Eine Wolljacke, ein schlichtes grünes Hemd und eine Jeans. Eher der entspannte Typ.

Die Kotzbühl fasst sich kurz, ausnahmsweise.

"Dann begrüße ich ganz herzlich Herrn Jan Vielrieder, Professor für Neuere Deutsche Literatur an der Universität Freiburg im Breisgau.

Der Professor nickt und schickt der Kotzbühl ein anzügliches Lächeln oder kommt es mir nur so vor. Ich kann den Typ einfach nicht einschätzen. Auch mich hat er schon so seltsam angelächelt. Er macht einen auf Charmeur, da wette ich.

Er hat einen Bart so ganz um die Lippen herum, also Schnurbart und Kinnbart miteinander verbunden. Wahrscheinlich will er besonders männlich wirken. Sein Haar ist mittellang und angegraut, läuft in leichten Wellen bis über die Ohren. Sein weißes Hemd sticht aus seiner Anzugsweste hervor. Er hat tatsächlich so etwas Anzügliches an sich. Ich muss lächeln bei dem Gedanken, dass er ja tatsächlich auch einen Anzug trägt. Komisches Wort, anzüglich. Eigentlich scheint er doch mit seinen Blicken alle auszuziehen. Er hat ein scharfgeschnittenes Gesicht, lange Nase. Attraktiv ist er, dass muss man ihm lassen. Leider sitzt er mir direkt gegenüber, sodass ich dauernd seinem Blick ausgesetzt bin. Das nervt.

Jetzt stellt die Kotzbühl Gunter Großmund vor.

Ihn kenne ich schon, jedenfalls sein Buch "Gold und Kaviar". Hat mich nicht vom Hocker gehauen, auch wenn es um Oligarchen, tolle Villen und natürlich viel um Intrige, Macht und Geld geht. Aber an ihm kommt vermutlich niemand vorbei, wenn es um Literatur geht. Großmund hat gar keinen großen Mund, wie sein Name vermuten lässt, aber einen Kopf wie ein Halloween-Kürbis, die Nase fleischig und die Brille vielsagend nach vorne auf die Nasenspitze geschoben. Irgendwie schaut er immer aggressiv. Kleidungstechnisch ist er unauffällig: graues Hemd, dunkles Jackett.

Rechts von Großmund, sozusagen auf 3 Uhr von mir aus gesehen, sitzt Dorothea Wisskat, Lektorin des Liesmich-Verlags. Sie scheint das weibliche Gegenstück von Großmund zu sein, auch wenn sie deutlich älter wirkt. Sie hat blondes, leicht lockiges Haar, dass ihr kaum bis zum Kragen ihres Pullovers reicht und ein bisschen wie ein streng geschnittener Heiligenschein wirkt. Auch sie eine Brille wie Großmund. Aber sie wirkt nicht ganz so aggressiv, nicht so wie Großmund, als wollte er dich gleich ans Kreuz nageln. Trotzdem hat sie den typisch strengen Lehrerblick. Ihr einen Quadratzentimeter ihrer Meinung abzunehmen, ist sicherlich ein Kampf bis zum letzten Mann oder besser Wort.

"Und nun zu meinen jüngeren Gästen." Die Kotzbühl wendet sich nach rechts. Gleich bin auch ich dran. "Wir konnten natürlich nicht auf die junge Generationen verzichten. Und ehrlich gesagt, das wollten wir auch nicht, schließlich sind es die Jungen, die im dritten Jahrtausend die Bücher lesen werden." Sie nickt mir zu. "Ihr seid die Leser der Zukunft…"

"Wenn die Jugend in der Zukunft überhaupt noch lesen wird", unterbricht Großmund. "Da habe ich so meine Zweifel!"

"Sie sagen es, Herr Großmund!", lenkt die Kotzbühl ein. "Aber das werden wir ja vielleicht auch in diesen Tagen erfahren. Herzlich willkommen Fräulein Barbara Saatgud!"

Wie kann man so heißen, frage ich mich.

"Babsi!", sagt Barbara und grinst in die Kamera. Mann, ist die entspannt. Ich beneide sie jetzt schon.

"Okay Babsi, du bist Schülerin des St. Getrudis Gymnasiums in Ellwangen, in der Ostalb."

Wo liegt das?, frage ich mich. Irgendwo bei den sieben Zwergen. Ich grinse.

"Und den Woyzeck, so habe ich erfahren, hast du auch für das Abitur gelesen."

Barbara zeigt ihre makellosen Zähne. "Ja, der gehört in Baden-Württemberg zu den Sternchenlektüren. Die sind Pflicht."

"Und freust du dich schon auf das Abitur?", Die Kotzbühl lacht. "Dumme Frage! Aber sicherlich auf die Zeit danach!"

Babsi lächelt immer noch freundlich. "Vor dem

Deutsch-Abi habe ich jedenfalls nicht so viel Angst."

"Das freut mich." Die Kotzbühl wird euphorisch. "Oh ja, das kenne ich natürlich auch. Bei mir war es Chemie. Ich weiß heute noch nicht, wie ich da durchgekommen bin."

"O_2 can do!", scherzt Vielrieder und zwinkert der Kotzbühl zu. Vielleicht hat er auch nur einen Tick, ich meine ein nervöses Zucken, aber Quatsch, das meint der wirklich so. Ich blicke die Kotzbühl an. Bin ich eifersüchtig?

Die Kotzbühl reagiert darauf mit einem charmanten Lächeln und einem Augenaufschlag, der fürs Bett reichen würde. Sie ist in ihrem Element. Sie dreht sich zu mir.

Ich zucke zusammen, blicke zuerst in die Kamera und dann zur Kotzbühl. Mein Atem geht schneller, mein Herz beginnt zu rasen. Ich bin auf Sendung. Lilly, drück mir die Daumen!

"Und hier an meiner Seite, das hübsche Fräulein, Madelaine Leserat, 23 Jahre. Unsere Gewinnerin, die das große Los gezogen hat." Sie lächelt mich an. "Wer schaut denn von zu Hause aus zu. Der Freund, die Eltern."

Ich werde leicht rot. Warum fragt sie nach einem Freund? "Die Freundin, die Eltern, ja!", sage ich kleinlaut.

"Schön!", sagt die Kotzbühl und will sich schon von mir abwenden.

"Meine Stiefbrüder und meine Stiefschwester!", sage ich noch und habe das Gefühl, den Einsatz verpasst zu haben.

"Oh, da kommt ja fast eine Großfamilie zusammen", ruft die Kotzbühl und blickt mich begeistert an. "Wie viele Geschwister haben Sie, Madelaine?"

Hätte ich bloß nichts gesagt! Jetzt muss ich meine Familiengeschichte ausbreiten.

"Einen leiblichen Bruder und zwei Stiefbrüder aus der zweiten Ehe meines Vater und dann noch eine Stiefschwester."

"Und Sie sind die Älteste!"

"Sie haben mit der Realschule abgeschlossen und sind jetzt als Einzelhandelskauffrau unterwegs, wenn ich das richtig sehe." Die Kotzbühl blickt kurz auf ihre Karteikarte.

Ich nicke und werde rot, schon wieder. In meinen Augenwinkeln ahne ich die Blicke der anderen. Kassiererin bei Rewe oder Aldi, denken die sicherlich. Aber was ist daran so schlecht. Ihr könnt mich mal. "Ja", sage ich entschuldigend.

Ich komme mir gegenüber den anderen so verdammt dumm vor. Aber warum soll ich mich für meinen Realschulabschluss entschuldigen?

"Aber ich lese gerne!", setze ich nach.

"Also eine ihrer Kundinnen, Herr Großmund!"

"Nun", fährt ihr Großmund dazwischen, "ich weiß nicht, ob die junge Dame "Gold und Kaviar" gelesen hat, aber ich lasse mich überraschen."

"Hab ich! Ja!", sage ich leise.

Die Kotzbühl zieht die Augenbrauen hoch. "Sehen Sie, Herr Großmund, wir sollten die Jugend nicht unterschätzen."

Du meinst die Realschüler, denke ich. Warum sollte ich als Realschülerin nichts mehr lesen? Die halten sich alle für oberschlau, aber das wusste ich ja schon vorher. In der 8ten Klasse hatte ich jedenfalls auf nichts mehr Bock, in der 9ten bin ich sitzengeblieben, das war die Zeit, als Vater ausgezogen ist. Und dann war eh irgendwie alles vorbei. Ich hatte zu nichts mehr Lust. Was wollt ihr?, denke ich. Auch als Einzelhandelskauffrau kann man sich seinen Lebensunterhalt verdienen.

Aber das erzähle ich natürlich nicht. Stattdessen starre ich die Kotzbühl an.

"Schön, dass du heute mit uns diskutierst, Madelaine. Ich freue mich darauf."

Ich nicke irgendwie unterwürfig, wie mir scheint, und hasse mich selbst dafür.

Die Kotzbühl blickt wieder in die Kamera. Gott sei Dank, das Verhör ist vorbei. Ich denke an Lilly. Wahrscheinlich sitzt sie genauso fiebernd wie ich zu Hause vor dem Bildschirm und verflucht die Kotzbühl.

"Für unsere Zuschauer zu Hause, vielleicht sogar für ein paar Leistungskurse in Baden-Württemberg", die Kotzbühl lächelt in Richtung

Babsi.

"Woyzeck, ein Fragment von Georg Büchner, Dichter, Dramatiker und Revolutionär, ein Jahrhunderttalent und leider viel zu früh, mit sage und schreibe nur 23 Jahren verstorben, an Typhus. Woyzeck, erschienen 1879 und sehr spät, erstmals 1913 uraufgeführt. Und nun kurz zur Handlung."

Die Kotzbühl schaut auf ihre Karteikarte.

"Erlauben Sie, dass ich unseren Zuschauern das Drama kurz zusammenfasse."

Die anderen nicken unmerklich. Ich blicke die Kotzbühl an, die in ihrem Element zu sein scheint.

"Franz Woyzeck, ein einfacher Soldat, hat seine Freundin Marie und das gemeinsame Kind finanziell zu unterstützen. Um seinen Sold aufzubessern, den er restlos zur Unterstützung an Marie und das Kind abgibt, arbeitet er als Diener für seinen Hauptmann, rasiert ihn beispielsweise, und lässt sich zusätzlich von einem skrupellosen Arzt zu Versuchszwecken auf Erbsendiät setzen. Auch das bringt ihm etwas Geld ein. Hauptmann und Arzt nutzen Woyzeck physisch und psychisch aus, demütigen ihn beispielsweise in aller Öffentlichkeit.

Als Marie dann heimlich eine Affäre mit einem Tambourmajor beginnt und Woyzecks Verdacht sich bestätigt, nachdem er Marie im Wirtshaus mit dem Tambourmajor hat tanzen sehen, beginnt er, innere Stimmen zu hören, die ihm befehlen, die treulose Marie umzubringen. Er will daher eine Pistole kaufen, hat aber nicht genügend Geld. Also nimmt er mit einem Messer vorlieb, führt Maire auf einem abendlichen Spaziergang in ein nahe gelegenes Waldstück und ersticht sie dort am Ufer eines Sees."

Die Kotzbühl blickt in die Runde. "Ja, fast ein Kriminalstück, von unvergleichlicher Dramatik, aber lesenswert?", sie blickt fragend in die Runde, "ich meine heute, im 21ten Jahrhundert?"

Na ja, denke ich. Schwer lesbar, all die komischen Ausdrücke in so einem Altdeutsch, ich habe mich wirklich durchbeißen müssen. Und dann die Erbsendiät!, wer will das noch lesen. Ich blicke die anderen an.

"Unbedingt!", sagt Großmund. "Die Sprachgewalt eines Büchners, mit wenigen Sätzen, was sag ich, Ellipsen, einen Charakter zu zeichnen. Da können sich heutige Autoren noch eine Scheibe abschneiden. Unbedingt lesenswert. Ich sage nur 'Friede den Hütten, Krieg den Palästen.' Ein Literaturkanon ohne Büchner, eine Farce."

Großmund rückt seine Brille zurecht, lehnt sich zurück und mustert seine Kontrahenten. Vor allem blickt er mich und Babsi an, die ihm einfach nur zulächelt. Sie lässt sich nicht aus der Ruhe bringen. Aber klar, weder Gutlach wird ihm widersprechen, schließlich verdient er sein Geld mit der Schauspielerei, noch die Wisskat, schließlich will sie Bücher verkaufen. Und der Professor erst recht nicht. Wer will schon Büchners Platz in der Literaturgeschichte anzweifeln, auch wenn ich nie etwas von ihm gelesen habe und den Woyzeck einfach nur grausam finde, nicht nur vom Inhalt, sondern auch grausam schwer zu lesen!

"Ich kann dem nur zustimmen", schaltet sich Vielrieder ein und blickt mich dabei an. Schau doch den Kürbiskopf an, Blödmann, denke ich. Du willst mich doch nur provozieren.

"Büchner vereint auf eine einzigartige Weise sein Wissen als Arzt und seine Gesinnung als Revolutionär. Er hat eine hervorragende Beobachtungsgabe. Woyzeck ist zweifellos das erste, bedeutende soziale Drama in der deutschen Literaturgeschichte, schon allein deshalb darf es nicht fehlen. Es ist nicht mehr der idealistische Held, wie ein Wilhelm Tell", *Wer war Wilhelm Tell, frage ich mich,* "der das Stück dominiert, sondern der sozial deklassierte, der von seinem Milieu und seiner Umwelt bestimmte Mensch. Keine Frage, Büchner muss in den Kanon aufgenommen werden."

Vielrieder blickt mich immer noch an, lächelt, als wollte er mich zum Reden auffordern. Aber ich habe die Hälfte von dem, was er sagt, nicht wirklich verstanden.

"Sie haben Recht", meint jetzt auch die Wisskat,

"auch wenn die Verkaufszahlen eines Woyzeck oder eines Danton immer nur dann in die Höhe schnellen, wenn das Werk auf der Leseliste für das Abitur steht." Die Wisskat redet mit einer Stimme, wie soll ich sagen, ein bisschen wie eine kleine Säge, nicht zu hoch, aber doch immer scharf. Dabei wirkt sie extrem sachlich.

Und wer ist Danton, möchte ich fragen, aber die Kotzbühl kommt mir zuvor.

"Für unsere Zuschauer zu Hause!", erklärt sie, "'Dantons Tod' ist ein weiteres Büchnerdrama, dass zur Zeit der französischen Revolution spielt. Aber was sagen unsere jungen Leser?"

Die Kotzbühl schaut mich an, aber ich bin noch mit den Antworten der anderen beschäftigt. Hilfesuchend blicke ich zu Babsi neben mir.

"Literaturgeschichtlich mag Woyzeck ja wichtig sein", fängt Babsi ganz ungerührt an, "aber wollen wir denn wieder einen Kanon aufstellen, den keiner liest. Sie haben doch selber gesagt", wendet sie sich der Kotzbühl zu, "wir wollen einen Literaturkanon für das 3. Jahrtausend. Sollten wir vielleicht nicht da die Bücher weglassen, die gefühlt schon tausend Jahre alt sind und sowieso keiner mehr freiwillig liest."

Ich nicke und grinse in mich hinein.

"Mademoiselle!", ruft Großmund und läuft vor Aufregung an wie eine Tomate. "Nur, weil die Jugend heute kein Deutsch mehr kann, sollen wir

Büchner streichen? Sollen wir dann auch Goethe und Schiller vom Kanon streichen! Also für einen Literaturkanon für die Dummen bin ich nicht zu haben."

Arsch, denke ich.

"Ich möchte jedenfalls Spaß beim Lesen haben!", sage ich in Richtung Großmund, wobei mein Herz gleich zu flattern anfängt.

Lilly wird begeistert aufgesprungen sein. Ich habe tatsächlich einen Satz gesagt.

"Literatur ist keine Spaßveranstaltung. Das ist kein Tik-Tok, meine Liebe. Es geht darum die geistige Größe Deutschlands zu bewahren. Soll das alles im Mülleimer der Geschichte landen, wegen der Einfältigkeit der Ungebildeten?"

"Das sind starke Geschütze, Herr Großmund!", versucht die Kotzbühl zu beschwichtigen.

"Ignoranz versteht nur die Stalinorgel, sage ich immer", unterbricht sie Großmund.

Was will er jetzt mit einer Orgel?, frage ich mich. Vielrieder lacht in sich hinein. Er beobachtet mich. Sicherlich hält er mich für ein Dummchen, das er mit seinem Augenzwinkern ins Bett manövrieren kann.

Spaß haben, auch noch beim Lesen? Wie kann man nur? Ich kann, denke ich. Warum sollte ich freiwillig einen Woyzeck lesen? Was soll man da schon lernen? Irgendetwas über Eifersucht? Das weiß ich auch so!

Schau nicht so dumm, Blödmann! Warum haben es plötzlich alle auf mich abgesehen?

"Was meinen Sie, Herr Gutlach!", schaltet sich die Kotzbühl ein. "Schließlich sind sie als Schauspieler am nächsten dran am Text, wenn ich das mal behaupten darf."

Vielrieder nickt ihr aufmunternd zu, was die Kotzbühl mit einem neckigen Blick quittiert. Ich schüttele unmerklich den Kopf. Flirten in der Öffentlichkeit!

"Für einen Schauspieler ist Büchner auf jeden Fall ein Highlight", fängt Gutlach an. "Und ein Woyzeck, wenn man die Hauptrolle spielen darf, ist wirklich ein Erlebnis." Gutlach hält inne.

"Wieso ein Erlebnis?", fragt die Kotzbühl.

"Nun ja, wir haben wenig Text, aber der ist unglaublich verdichtet. Das lässt dem Schauspieler viel Raum. Man deklamiert keine langen Texte, wie bei einem Schiller oder Lessing, Texte, die in der alltäglichen Konversation so nicht vorkommen würden. Bei Büchner verlässt man sozusagen die Bühne, so absurd das klingen mag, oder besser, die Bühne verliert ihre Künstlichkeit. Bei Büchner hat man wirklich das Gefühl, mit der Rolle eins zu werden, es gibt keine Pose, kein Pathos."

"Gut gesagt!", wirft Großmund ein. "Die Bühne verliert ihre Künstlichkeit, Chapeau!" Er greift sich an die Stirn und nimmt sich einen nicht vorhandenen Hut vom Kopf. "Und genau deswegen wird sie zur Kunst, modernen Kunst!"

"Dann wird das aber doch nur ein Literaturkanon für Professoren!", beschwert sich Barbara und grinst mir zu.

"Genau!", sage ich.

Ich denke an meine Redezeit. Wenn ich nichts in der Diskussion sage, muss ich vielleicht noch am Ende irgendwas sagen. Auf keinen Fall.

"Ich finde", ergänze ich, "wir brauchen einen Lesekanon für Normalsterbliche, keinen Literaturkanon für verstaubte Regale. Keine Texte, die keiner versteht!"

"Die SIE nicht verstehen!", sagt die Wisskat und Großmund nickt ihr vielsagend zu. "Vielleicht sollte man hier zu einem Kompromiss finden", fährt die Wisskat fort, "wir brauchen beides: Literatur, die bildet, und Literatur, die Spaß macht, um das mal salopp zu sagen. Das muss nicht immer ein Widerspruch sein. Und wie Sie, Herr Gutlach, eben gesagt haben. Ich denke, ein Woyzeck gehört auf die Bühne. Erst da entfaltet er seine ganze Wucht. Im stillen Kämmerlein, Herr Großmund", - sie blickt Großmund mit hochgezogenen Augenbrauen an - "kann auch ich einen Woyzeck nicht wirklich genießen. Da werden Sie mir wohl kaum widersprechen."

"Ich denke!", setzt Vielrieder an, "jede Literaturgattung braucht auch ihre eigene Darbietungsform. Die Schulen sollten vielleicht weniger den Woyzeck zur Pflicht erklären, sondern seine Aufführung, entweder, dass ein Leistungskurs das Stück der Schulgemeinschaft präsentiert, oder die Theater verpflichtend die vorgegebenen Lektüren aufführen müssen. Schließlich werden sie ja auch aus Steuergeldern finanziert."

Ich blicke zu Gutlach, der erfreut applaudiert, zwar leise, aber die Kamera schwenkt sofort zu ihm hinüber.

"Ein interessanter Kompromiss!", sagt die Wisskat und nickt Vielrieder aufmunternd zu.

"Fänd ich auch gut!", sagt Barbara, "ich glaube, das würde definitiv mehr Spaß machen, insbesondere, wenn man den Woyzeck noch ein bisschen anpassen dürfte!"

Die Kotzbühl lächelt ihr zu. "Das hört sich ja schon fast wie eine Einigung an." Sie blickt in die Runde. "Madelaine! Sind sie überzeugt?"

Ihre Stimme geht am Satzende stark nach oben. Sie will mich aus der Reserve locken. Ich seufze. Vielrieder starrt mich an. Als ich seinen Blick erwidere, zuckt er auffordernd mit den Augenbrauen. Hoffentlich habe ich ihn nächste Runde irgendwo links oder rechts von mir sitzen.

"Äh, ich weiß nicht."

Ich weiß es wirklich nicht, denke ich. Warum soll ich überhaupt für andere entscheiden, was sie lesen sollen?, denke ich und genau das sag ich dann.

"Kindchen!" *Schon wieder Großmund.* "Genau deswegen sind wir hier. Wir möchten als Experten und Expertinnen", er nickt Wisskat zu, "Empfehlungen aussprechen und nicht über Literatur herumalbern."

Ich habe nicht herumgealbert, du Idiot. Ich werde rot und weiß nicht, wo ich hinschauen soll. Die Kamera hat sich natürlich zu mir gedreht. Das rote Licht für die Aufnahme leuchtet.

Schalt das Ding ab, fluche ich innerlich. Dann halte ich es nicht mehr aus.

"Ich … muss mal kurz… auf Toilette", stottere ich in Richtung Kotzbühl und stehe auf.

Die Kotzbühl blickt ernst, nickt mir aber zu. Ich gehe langsam zur Seitentür.

Soll der bloß nicht denken, dass ich seinetwegen abhaue.

Als ich an der Flügeltür ankomme, tippt mich einer vom Fernsehteam an und macht eine Kopfbewegung in die andere Richtung. "Toiletten gibt's da hinten!"

Ich nicke verstört und schleiche mich am Rande des Foyers entlang, hin zum nächsten Türeingang, wo tatsächlich ein Hinweisschildchen für das Klo ist. Dort angekommen, breche ich heulend zusammen. So ein Arsch, am liebsten würde ich ihm wo hintreten. Ganz Deutschland lacht über mich, ich fasse es nicht. Das war keine gute Idee,

Lilly, denke ich. Als ich mich einigermaßen beruhigt habe, schaue ich in den Toilettenspiegel. Ich sehe aus wie die Heulsuse persönlich. Mein Kajal ist verlaufen, ich habe dunkle Streifen unter den Augen. Ich nehme ein wenig Seife aus dem Seifenspender und wasche mir gründlich das Gesicht.

Lass dich nicht unterkriegen!, sage ich mir. Ihr könnt mich alle mal!

Dann trockne ich mir das Gesicht mit Klopapier ab, kontrolliere nochmal kurz im Spiegel und mache mich auf. Ihr seid mir scheißegal, wiederhole ich mir gefühlte hundert Mal. Dann stehe ich wieder im Foyer, schleiche mich an den Sitzen vorbei zu meinem Sessel und setze mich vorsichtig.

Die Kotzbühl hat gerade eine Reklame zuschalten lassen. Alle unterhalten sich angeregt.

Die haben auf mich gewartet, schießt es mir in den Kopf. Und dann wird mir schlagartig bewusst, dass ich mir das ganze Make-up abgewaschen habe, mit Seife. Kein Rouge mehr, keine Tönung. Ich muss käseweiß sein. Verdammt! Ich traue mich gar nicht, Richtung Kamera zu schauen, aber ich sitze neben der Kotzbühl. Gott, ist das peinlich!

Die Kotzbühl nickt mir zu! "Wir gehen wieder auf Sendung", ruft sie in den Saal. Die Gespräche im Publikum verstummen sofort.

Sie wendet sich wieder an mich. "Nach dieser

kurzen Unterbrechung, zurück zur Literatur. Büchners Woyzeck: nicht lesbar … oder nicht lesenwert … oder doch unbedingt ein Teil des Literaturkanons. Wir werden sehen. Aber fragen wir doch einmal unsere Zuschauer zu Hause. Was muss Literatur leisten: Soll sie Spaß machen oder ist es doch wichtiger, dass sie uns bildet?"

Die Kotzbühl blickt in die Runde. Sie möchte die Stimmung aufheitern. Wenigstens hat sie nicht gleich wieder mich unter Beschuss genommen. Auf dem Monitor, der an der Wand zum hinteren Teil des Foyers hängt, ploppt das Abstimmungsergebnis auf. "Spaß" steht auf der einen Seite, "Bildung" auf der anderen. Der Spaß gewinnt, denke ich. Mein Herz springt vor Freude. Spaß führt mit 40 Prozent. Aber dann bleibt der Balken dort stehen, während "Bildung" wächst und wächst. Schließlich steht es 59 zu 41 für die Bildung. Ich bin genervt. Sicherlich haben die Rentner eifrig mit abgestimmt. Die haben ja sonst nichts zu tun.

"Das finde ich nicht fair!", fährt Babsi neben mir hoch. "Immer wollen uns die Erwachsenen vorschreiben, was wir lesen sollen, und gleichzeitig beschweren sie sich, dass die Jugend nicht mehr liest. Das ist doch paradox. Dann sollte man wenigstens für die Schule einen anderen Kanon machen. Ich glaube, ich spreche für meinen ganzen Leistungskurs, wenn ich sage, dass wir statt Woyzeck lieber etwas Modernes lesen möchten." Sie grinst breit und winkt in die Kamera.

Jetzt muss auch ich lachen.

"Zum Beispiel!", fragt die Kotzbühl.

"Keine Ahnung!", sagt Babsi, "Vielleicht 'Tote Mädchen lügen nicht'! Sowas halt, aber nicht den Woyzeck."

"Entschuldigen Sie, wenn ich das jetzt so offen sage!", fährt Großmund sie an, "aber wie Sie selbst schon gesagt haben. Sie haben keine Ahnung." Er beugt sich zu uns nach vorne. "Überlassen Sie die Entscheidung dann doch den Experten!"

Er hat seine Brille nach hinten geschoben und glotzt uns aggressiv an, fast schon beleidigt.

Von dir lese ich keinen Roman mehr, denke ich.

Babsi schneidet ihm eine kaum sichtbare Grimasse. Sie hasst ihn genauso wie ich.

"Lassen wir den Woyzeck doch einfach im Theater!", beschwichtigt Gutlach. "Da gehört er ja hin!"

"Das ist zweifellos richtig!", sagt die Kotzbühl "und ein gutes Schlusswort. Die Zeit drängt und wir müssen schließlich noch zu einem Ergebnis kommen. Lassen Sie uns abstimmen. Danach hat das Publikum das letzte Wort. Gehört Woyzeck in unseren Literaturkanon?"

Die Kotzbühl blickt in die Runde. Vielrieder ist der erste, der seine Hand hebt und mir zunickt.

Was soll das? Ich jedenfalls will den Woyzeck kein zweites Mal lesen. Großmund, die Wisskat und Gutlach heben fast gleichzeitig die Hand. Gutlach kann ich verstehen. Dass es für einen Schauspieler Spaß macht, den Woyzeck zu spielen, keine Frage. Ich blicke zu Babsi.

"Und?", frage ich.

Babsi zuckt mit den Schultern. "Ist doch egal!", flüstert sie mir zu. "Sind ja nur 30 Seiten. Lieber den Woyzeck, den hast du in einer Stunde hinter dir!"

Sie hebt langsam die Hand. Die Kotzbühl neigt den Kopf und lächelt freundlich in Babsis Richtung.

Ich sehe fünf Hände vor mir. Fünf gegen einen, denke ich. Ich schäme mich ein bisschen. Am Ende heißt es, die Einzelhandelskauffrau hatte natürlich keinen Plan von nichts. Ich seufze in mich hinein. Von mir aus, denke ich, sind ja nur 30 Seiten und ich muss sie ja sowieso nicht mehr lesen. Ich hebe langsam meine Hand. Mein Blick trifft den von Vielrieder. Er zwinkert mir zu. *Arsch!*

Die Kotzbühl hebt die Augenbrauen. "Einstimmigkeit!", ruft sie entzückt.

"Einsichtigkeit!", meint Großmund und lacht eine tiefe, dreckige Lache. "Kompliment, meine Damen!" Er nickt uns zu. Dabei meint er ja nur sich. Er meint, er hätte uns überzeugt. *Idiot, du hast überhaupt nichts verstanden.*

Als das Publikumsergebnis auf dem Bildschirm erscheint, steht es 90 zu 10 für Woyzeck. Wie bescheuert!

Großmund klatscht.

Das Gespräch verläuft sich. Wir reden nichts Gescheites, denke ich. Ich ja schon gar nicht. Schließlich ist dann doch die Zeit rum. Ich atme erleichtert auf.

"Und jetzt zu unserem Ranking!", ruft die Kotzbühl. Ein Trommelwirbel setzt ein und auf dem Bildschirm erscheinen unsere Namen. Ich werde blass. Ich habe gerade einmal 3 Prozent der Stimmen. Mein Balken steht an dritter Stelle, nach Großmund und Gutlach, die beide auf 21 Prozent kommen. Sie thronen neben meinen 3 Prozent wie riesige Säulen. Rechts von mir ist Babsi mit 18 Prozent, danach kommt Vielrieder. Er hat seltsamerweise die meisten Stimmen bekommen, 29 Prozent. Wahrscheinlich haben sich ein paar ältere Damen in ihn verguckt. Das wird es wohl sein.

Wiskatt hat mit 8 Prozent auch nicht gerade viel. Ich schaue zu ihr. Sie blickt kurz auf den Monitor, dann zuckt sie unmerklich mit den Schultern. Abgehakt!

Aber ich kann das nicht einfach so abhaken. 3 Prozent. Die werden mich beim nächsten Mal noch mehr auslachen. Ich sehe die Kommentare auf der Website des ARD unter unserer Sendung jetzt schon: Die Dumme, die Null-Checkerin, kann ja kaum lesen. Was macht die überhaupt da?

Scheiß Meinungsfreiheit!

Großmund blickt zu mir hinüber und zieht vielsagend die Augenbrauen nach oben, dann schüttelt er leicht den Kopf, soviel wie 'selber schuld, wer so blöde Bemerkungen macht'.

Ich weiche seinem Blick aus.

"Ein Anfang, erst, aber ein Anfang", sagt die Kotzbühl verschwörerisch. "Morgen sehen wir uns wieder." Sie wendet sich der Kamera zu. "Ein Gruß an unsere Zuschauer, da draußen. Ich hoffe, wir haben sie gut unterhalten, vielleicht sogar inspiriert! Inspiriert, ein Buch in die Hand zu nehmen."

Sie lächelt Babsi zu.

Vielleicht war die Bemerkung für Babsis Leistungskurs gedacht.

"Morgen sehen wir uns wieder, um die gleiche Zeit. Fünf Tage, Fünf Kämpfe. Mögen die besten Argumente gewinnen! Danke an unsere Mitstreiterinnen und Mitstreiter." Sie nickt in die Runde.

Dann geht das rote Lichtchen an der Kamera aus. Wir sind nicht mehr auf Sendung. Ich sacke in mich zusammen. Geschafft! Oder besser, ich habe mich blamiert. Ich fasse mir an mein Gesicht. Ich muss nochmal zur Toilette, mich wenigstens wieder halbwegs herrichten. Ich stehe auf.

Großmund steuert auf mich zu. Ich schlüpfe hinter Babsi vorbei, sodass er nicht mit mir reden kann. In den Augenwinkeln bemerke ich, wie er ansetzen will, aber abbricht, weil ich schon auf die Tür zueile, die in den anliegenden Gang führt, wo die Toiletten sind. Ich atme erleichtert aus. Mit dir will ich schon gar nichts mehr zu tun haben, denke ich! Kürbiskopf!

Du redest zu privat, Madelaine. Das macht dich angreifbar. Bleib öffentlich, solange du nicht die Erde unter dir und den Himmel über dir weißt.
Was können Großkopferte alles denken!? Du musst es ihnen nicht gleichtun.
Die Wahrheit ist nie kompliziert. Meine einfachsten Gesellen sind die, die auch in tausend Jahren noch in aller Munde sein werden, nicht die ungelenken, verbogenen!
Versprich es mir, Madelaine!

IM HOTEL

Ich bin in einem großen Zimmer untergebracht, nicht im Bayrischen Hof, das war ihnen wohl zu teuer. Das Zimmer ist im Landhausstil eingerichtet, die Möbel mit Bauernmalerei bemalt. Ein graugrüner Kleiderschrank mit zwei beigen Kassetten, auf denen Blumentöpfe mit bunten Blumen abgebildet sind. Der Stuhl und der kleine

Schreibtisch genauso in graugrün, auch mit unzähligen Ranken bemalt. Nicht gerade mein Geschmack, aber wenigstens das Bett ist groß, 140 breit, bestimmt!, mit einem Vorhang, ein echtes Himmelbett. Ich stelle meinen riesigen Rollkoffer ab und schmeiße mich aufs Bett. Die Federn knarzen. Ich bin fix und alle. Wahrscheinlich liegt das an der Aufregung. Die Kameras, Vielrieder und der blöde Kürbiskopf, wie soll ich das morgen nochmal durchstehen?

Ich zücke mein Handy. Ich muss Lilly anrufen. So haben wir es vereinbart. Jeden Tag, abends nach der Vorstellung. Es ist jetzt 21:00 Uhr. Da müsste sie zu Hause sein. Ich öffne Whatsapp.

"Hi!", sagt Lilly, als sie mich sehen kann.

"Lilly!, es ist grausam!"

Lilly lacht. "Ich weiß, aber du bist jetzt berühmt."

"Für meine Dummheit!"

"Quatsch. Du darfst das nicht so an dich ranlassen. Morgen machst du ihn fertig, diesen Wasserkopf."

Ich mache einen Schmollmund. "Wie denn? Der weiß einfach zu viel."

"Nein! Der ist einfach unverschämt." Lilly wird wütend. "Lass dir das nicht gefallen! Der Arsch ist voll der Macho. Der soll sich erstmal emanzipieren. So ein Idiot. 'Kindchen, Mademoiselle, Sie albern über Literatur herum'."

Lilly übertreibt mit ihrer Stimme so sehr, dass ich lachen muss.

"Der hat mich vor dem ganzen Publikum blamiert, Lilly."

"Hm", brummt Lilly. "Beleidige ihn doch einfach zurück!"

"Lilly!", sage ich vorwurfsvoll, "und dann. 'Hallo, Sie sind ein Arschloch!' Wir dürfen die anderen doch gar nicht beleidigen. Das sind die Regeln. Außerdem kriege ich dann am Ende noch weniger Prozente. Das wird immer peinlicher."

"Aber er hat dich doch auch die ganze Zeit beleidigt. 'Kindchen', hat er gesagt, außerdem hat er gesagt, du seist ignorant!"

"Was heißt das überhaupt!"

"Ignorant heißt einfach dumm, mehr nicht!", wettert Lilly. "Und genau das hat dieser Arsch von dir gesagt, noch dazu öffentlich."

"Mit der Stalinorgel! Was sollte das überhaupt!"

"Die Stalinorgel? Ich hab's extra gegoogelt. Das war ein Raketenwerfer im 2. Weltkrieg."

"Und was will er denn damit sagen?"

"Genau deswegen ist er doch so ein Arsch. Er hat im Grunde nichts anderes gesagt, als die Dummen brauchen erst eine in die Fresse, damit sie was kapieren!"

"Boah!", rufe ich. "So ein Arsch!"

"Eben! Morgen zeigst du es ihm."

"Mir fällt sowas aber nicht ein und wenn ich ihn

beschimpfe, werde ich ermahnt und stehe erst recht dumm da. Dann heißt es, die hat keine Argumente, deshalb beleidigt sie die Leute. Nee!"

"Dann lass ihn einfach links liegen. Schau ihn einfach nicht an."

"Ja, der wollte ja heute sogar nach der Sendung zu mir." Ich lächle. "Ich bin ihm aber entschlüpft. Vielleicht wollte er sich ja entschuldigen!"

"Der nicht!", meint Lilly und schüttelt energisch den Kopf. "Wahrscheinlich wollte er dich nochmal belehren!"

"Egal! Ich muss mich ausruhen. Morgen sind wir in Stuttgart!"

"Ich beneide dich!", meint Lilly.

"Meinst du, morgen schaltet sich überhaupt noch jemand zu?"

Lilly zuckt mit den Schultern. "Warum nicht? Das Ganze hat ja ein bisschen was von einer Netflix-Serie oder Germans Next Top Modell, nur dass ihr halt den nächsten Top-Literaturversteher sucht."

"Wen interessiert's!"

"Madi! Kopf hoch!", sagt Lilly und blickt mich eindringlich an. "Morgen hast du weniger Angst. Du wirst sehen."

Da kommt mir ein Gedanke!

"Du hast ja noch gar nicht mein Zimmer gesehen!"

Ich stehe auf und gehe mit dem Handy herum.

"Mein Bett!"

"Wow", ruft Lilly, "Bauernmöbel."

"Ja, hab' ich auch gedacht!" Ich laufe an den Wänden entlang.

"Hast du eine Suite?", fragt Lilly.

"Wieso?" Dann sehe ich die zweite Tür in meinem Zimmer. Ich betätige kurz die uralte Klinke, aber die Tür geht nicht auf.

"Wahrscheinlich so ein altes Bauernhaus", ruft Lilly. "Sicherlich war das nicht immer ein Hotel."

"Kann sein!" Neben der Tür ist eine alte Truhe, auch sie mit Blumen bemalt. Ich bin neugierig. Ich hebe den Deckel an, aber nur Decken und Bettzeug.

"Ersatzwäsche, wenn du Besuch bekommst!", scherzt Lilly.

Ich strecke ihr die Zunge heraus. Dann führe ich Lilly weiter durch das Zimmer, virtuell, versteht sich. Auf der anderen Seite, wo der Kleiderschrank ist, steht auch ein alter Schminkspiegel, an einer Ecke ist ein Stück Holz herausgebrochen, klein, aber trotzdem zu sehen.

"Kein 5-Sterne-Hotel", knurre ich.

"Komm schon!", sagt Lilly. "Irgendwie ist das doch total spannend. Ich beneide dich, ehrlich!"

"Hm", brumme ich. "Ja, irgendwie schmeichelt mir das Ganze ja auch, aber ich will mich auch nicht ständig blamieren!"

"Sei einfach du selbst!"

"Sehr witzig, Lilly. Leider ist das nicht so einfach, wie es aussieht, mit all diesen oberschlauen Leuten. Und dann der Professor. Ständig zwinkert er einem zu."

Lilly lacht schallend. "Der sieht aber echt zum Anbeißen aus!"

"Hör auf!", protestiere ich. "Der ist total schräg!"

"Du brauchst ja nicht gleich mit ihm ins Bett!"

"Ich? Bin ich bescheuert?"

Lilly lacht. "Als Zuschauer hat man euren Flirt gar nicht so mitbekommen!"

"Es war kein Flirt, Lilly. Du bist echt fies!"

"Schon gut!"

Ich seufzte, wieder einmal. Irgendwie bin ich immer noch angespannt. Mir geht der Abend nicht aus dem Kopf.

"Ich hau mich hin!", sage ich, "wir hören uns morgen!"

"Kopf hoch! Ich drück' dir die Daumen! Tschüssi!"

"Tschüss, Lilly!"

Wir winken uns zu, dann drücke ich Lilly weg. Schlagartig werde ich wieder zurückgerissen, in mein Alleinsein, meine Wut auf Großmund und Vielrieder und wie sie alle heißen. Vielleicht sollte ich gucken, wo sich Babsi aufhält. Wir könnten uns einen schönen Abend machen. Aber ich bin zu müde.

Ich krame meinen Schlafanzug aus meinem

Rollkoffer und das alte Messingdöschen, ein Erbstück meiner Oma, verdammt schwer, aber ich liebe es. Meine Schminkpuderdose von Gosh passt genau hinein. Das Messingdöschen meiner Oma sieht einfach zu edel aus. Es hat ein wellenartiges Muster und oben auf dem Deckel sitzt statt einem Knopf ein kleiner Fisch. Morgen werde ich es mitnehmen. Zur Not, hoffentlich muss ich nicht wieder heulen, aber wenigstens kann ich dann selbst ein bisschen Farbe auftragen. Ich stelle das Messingdöschen an den Schminkspiegel, mit all den anderen Dingen, meiner Haarbürste und so weiter.

Dann ziehe ich mich aus. Wohin mit den Kleidern. Links vom Bett, die Truhe! Ich schmeiße wahllos alles darauf, bis ich splitternackt bin. Erst mal unter die Dusche. Ich stehe gefühlt eine halbe Stunde unter warmem Wasser. Jetzt geht es mir definitiv besser. Ein Handtuch um den Kopf gewickelt und zurück ins Zimmer.

Ich betrachte mich vor dem Schminkspiegel, verziehe das Gesicht. Ich jogge regelmäßig und gehe ins Fitness, aber die Hüfte, immer noch etwas speckig. Ich ziehe an meiner Haut. "Hüftgold", murmele ich vor mich hin und denke an meine Mutter, die immer von 'Hüftgold' gesprochen hat. 'Fett' ist ehrlicher.

Ich darf mich nicht so vollfressen, schon gar nicht abends.

"Hübsch!", höre ich plötzlich die Stimme von Vielrieder hinter mir.

"Aaah", schreie ich hysterisch und reiße mir die Hände vor die Brust. Tausend Gedanken gehen mir gleichzeitig durch den Kopf. Wie kommt der in mein Zimmer? Ich will mich umdrehen, wobei mir bewusst wird, dass er mich dann von vorne sieht, auch nicht besser, außerdem ist da der Spiegel. Plötzlich rauscht eine Welle Wut durch mich. Ich reiße mir das Handtuch vom Kopf. Ich muss mich bedecken. "Raus!", schreie ich wie am Spieß.

Ich fahre herum. Vielrieder steht immer noch da und lächelt verschmitzt.

"Die Tür war offen!", entschuldigt er sich, bewegt sich aber nicht von der Stelle.

"Raus!", schreie ich erneut und blicke hilfesuchend um mich. Dann greife ich mir das Döschen, wirbele herum und schleudere es ihm an den Kopf. Mein ganzer Frust entlädt sich.

Vielrieder schreit auf und hält sich die Stirn. Das Döschen fällt auf den Boden, Vielrieder sinkt langsam hinterher.

"Aaargh", flucht er.

Dann sehe ich das Blut. Es läuft in Strömen über sein Gesicht. "Oh, Gott", schreie ich und stürze auf ihn zu.

Was habe ich gemacht? Behutsam nehme ich die Hand von seiner Stirn. Eine richtig dicke

Platzwunde! Und es blutet. Verdammt, wie das blutet!

Ich streiche die Haare von der Stelle, damit sie nicht in die Wunde kommen. Dann streiche ich die Haare auf der anderen Seite weg. Für einen Moment blicken wir uns in die Augen. Seine Pupillen sind riesig geworden. Meine auch? In diesem Moment ist die Welt draußen, nur er und ich. Oh, mein Gott. Mein Körper ist wie elektrisiert.

Verlegen nehme ich mein Handtuch, das ich neben ihn fallen gelassen hatte und drücke es auf die Stelle, wo es blutet.

"Es tut mir leid!", flüstere ich. Warum bin ich plötzlich so berührt?

Dann springen meine Gehirnzellen wieder an. Ich habe mich nackt über Vielrieder gebeugt, streiche ihm das Haar aus der Wunde, während meine Brüste wie heiße Bratäpfel vor seinem Gesicht baumeln. Bin ich bescheuert? Und warum kommt der Idiot in mein Zimmer? Wie ist er überhaupt durch die zweite Zimmertür gekommen? War sie doch offen?

"Mir ist schwindelig!", murmelt Vielrieder und schließt die Augen.

"Ich hole einen Arzt!", sage ich und will davonspritzen.

"Können Sie mir verzeihen, Madelaine? Ich wollte nicht aufdringlich sein", sagt er und hält mich an der Hand fest. Dabei blickt er mich an und lächelt. Offenbar ist er wieder der Alte.

"Idiot!", knurre ich. Irgendwie werde ich den Gedanken nicht los, dass er seine Situation auch noch ausnutzt, um mich nackt zu sehen. Ich gebe einen Knurrlaut von mir und reiße mich los. Dann krame ich in meinem Koffer nach meinem Bademantel und eile zur Tür. Draußen steht wie gerufen ein Zimmermädchen vom Hotel. Ich sage ihr, dass mein Zimmernachbar verblutet, auf dem Teppich, sie schaut mich entgeistert an, blickt kurz selbst in mein Zimmer, weil sie mich für verrückt hält, und stürzt dann zu einem Medizinschränkchen, das wohl in irgendeiner Kammer sein muss.

Als sie zurückkommt, hat sich Vielrieder wieder aufgerafft und wankt zu dieser bescheuerten Zwischentür, die für das Ganze verantwortlich ist. Nein, nicht die Tür, denke ich. Dieser Arsch ist selber dafür verantwortlich. Das Zimmermädchen und ich eilen ihm hinterher.

Vielrieder setzt sich in einen alten Sessel, der neben seinem Bett steht. Er wirkt erschöpft.

Das Zimmermädchen und ich verbinden seine Platzwunde an der Stirn, gemeinsam, weil das Zimmermädchen mit einer Hand noch ihr Handy schnappt und einen Krankenwagen ruft. Ich beschwere mich über die verdammte Zwischentür und wieso sie überhaupt auf war.

Vermutlich das alte Schloss, irgendeiner hat es vergessen, die Türklinke lässt sich sowieso nur schwer herunterdrücken. Außerdem hätte die Tür von der anderen Seite einen Riegel.

Aha, denke ich. Hat er also den Riegel aufgemacht. Mein Mitleid für Vielrieder sinkt auf Null. Wollte er mich vergewaltigen?

Ich blicke ihn an. Vielrieder sieht aus wie eine Mumie. Er verzieht das Gesicht. Leider drückt das Blut schon an manchen Stellen durch den Verband. Scheiße, ich will ihn nicht umgebracht haben.

Als die Sanis kommen und ihn abführen, überlege ich, ob ich mitgehen soll, oder besser: mitgehen muss, weil ich ihn ja so zugerichtet habe. Aber Vielrieder kommt mir zuvor. "Sie bleiben hier!", sagt er im Befehlston.

Ich widerspreche ihm nicht. Ich habe auch keinen Bock, vielleicht mehrere Stunden in der Notaufnahme zu verbringen, noch dazu mit diesem Typen.

Ich nicke und stehle mich in mein Zimmer davon. Der Teppich ist voller Blut. Hoffentlich zahlt das die Versicherung. Plötzlich durchfährt mich ein Schock. Wenn der mich anzeigt!?

"Scheiße!", fluche ich, als das Zimmermädchen durch die Zwischentür kommt. Sie schnappt sich einen Schlüssel aus ihrer Schürze und schließt die Tür ab.

"Sie haben also einen Schlüssel!", sage ich

entgeistert.

"Es tut mir leid!", sagt sie. "Bitte, sagen Sie nichts meinem Chef."

"Schon gut!", sage ich und starre auf den blutigen Teppich.

"Ich mach das weg, keine Sorge!", sagt das Zimmermädchen und eilt zur Tür. "Entschuldigung, aber bitte sagen Sie nichts!", wiederholt sie.

"Schon gut, schon gut!", murmele ich.

'Sag aber nichts.' Die ist gut! Hoffentlich sagt auch Vielrieder nichts, denke ich, jedenfalls nicht zur Polizei.

Jetzt ist mein Abend erst so richtig versaut. Ich werfe meinen Bademantel aufs Bett und stelle mich wieder unter die warme Dusche. Ich heule, mindestens eine halbe Stunde, bis ich es selbst nicht mehr aushalte. Meine Haut ist mittlerweile rot. Als ich wieder in mein Zimmer komme, ist der Blutfleck fast weg. Das Döschen meiner Oma liegt wieder auf dem Schminktisch. Das Zimmermädchen hat aufgeräumt.

Der Teppich. Nur eine leicht braune Färbung ist noch zu sehen. Was ein Abend!

Ich ziehe meinen Schlafanzug an und will mich ins Bett legen. Das Licht! Mein Blick fällt auf die Tür, ich meine, auf die eigentliche Zimmertür. Dort ist auch so ein bescheuerter Riegel angebracht und natürlich der Lichtschalter, einer zum Drehen, uralt. Ich reiße die Bettdecke zurück, springe auf und schließe den Riegel. Dann drehe ich das Licht aus und verkrieche mich unter die Decke.

Ich kann nicht einschlafen. Mir geht ständig die Situation im Kopf herum. Warum ist der überhaupt zu mir gekommen? Plötzlich fällt es mir ein.

'Wer schaut denn von zu Hause aus zu. Der Freund, die Eltern?', höre ich die Kotzbühl sagen.

'Die Freundin, die Eltern, ja!', hatte ich geantwortet.

Natürlich! Wenn ich einen Freund hätte, hätte ich zur Kotzbühl einfach 'ja' gesagt. Vielleicht hat er auch meinen Facebook-Account durchsucht und festgestellt, dass ich Single bin. So ein Arsch!

Irgendwann höre ich im Nachbarzimmer die Türe gehen. Jetzt ist er wohl zurück, immerhin, er hat überlebt. Wütend bin ich trotzdem noch. "Spanner", flüstere ich hinüber.

Es geschieht ihm gerade recht. Soll ich Lilly anrufen? Nein, ich muss endlich schlafen. Außerdem wird sie mich sowieso morgen fragen, was mit dem passiert ist, wenn er wie eine Mumie da herumsitzt.

Mir fallen meine Eltern ein. Die wollte ich ja auch noch anrufen. Ich kann nicht mehr. Vielleicht morgen.

Wird er sagen, dass ich ihn so zugerichtet habe? Vor laufender Kamera?

Manchmal reicht ein einziges Wort. "Raus", einfach, eindeutig!

Und manchmal scheinen die Worte nicht zu reichen. Ein Glück, dass du eine so schwerwiegende Großmutter hattest, Madelaine.

Es wundert mich immer, wie schnell sich der Intellekt geschlagen gibt. Manchmal ist es gut, wenn einem die richtigen Worte einfallen, manchmal ist es besser zu schweigen.

Und manche Worte sollte man einfach nicht überhören. "Raus" ist so ein Wort!

Blut ist ein bedeutender Saft.

DER STEPPENWOLF

Ich bin früh aufgestanden, 6:00 Uhr, obwohl ich eigentlich ewig Zeit hätte. Von München nach Stuttgart, gerade mal 2 Stunden! Zudem kriegen wir das Ticket bezahlt, sogar 1. Klasse. Aber ich will Vielrieder heute nicht mehr über den Weg laufen. Es reicht, wenn ich ihn heute Abend ertragen muss.

Ich frühstücke alleine, nehme ein Taxi zum Bahnhof und erreiche den IC um 7:12. Im Zug schlafe ich.

In Stuttgart sind wir im Meridien untergebracht, etwas spendabler! Dort wird auch gedreht. Das macht es ein wenig einfacher. Das Meridien ist ein riesiger, in die Länge gezogener Backsteinbau, dessen Fassade aus unzähligen, kleinen Wellen oder Erkern besteht.

Aus einem dieser Erker schaue ich gerade heraus und staune über die Hängebrücke für Fußgänger, die vom Innenhof des Hotels über die davor liegende 6-spurige Hauptstraße führt. Es herrscht reger Verkehr, aber hier drinnen ist es still. Ich bin im vierten Stock. Mein Zimmer ist modern, sauber und schlicht. Auch die Farbpalette ist hier reduziert im Vergleich zu der Bauernmalerei von gestern. Hier gibt es nur grau, schwarz, weiß, und einen türkisen Sessel auf Chromrollen. Hier gibt es keine Ablenkung, hier wird gearbeitet. Die Botschaft ist eindeutig. Das Ambiente sachlich. Für den gestressten Manager, der hier ausspannen will, vermutlich die richtige Farbwahl.

Ich vertreibe mir den Vormittag in Stuttgart, treffe Babsi in einem Café. Wir können gut miteinander, wenigstens eine!

Irgendwann ist es dann soweit. 17:00 Uhr. Ich mache mich bereit, auch wenn ich nicht wirklich bereit bin.

Nachdem Lilly mich über Whatsapp die ganze Zeit bearbeitet hat, habe ich doch mein rotes Kleid angezogen. Es ist ein eng anliegender Einteiler aus Kaschmirwolle - das habe ich mir gegönnt - mit einem hochliegenden Rundkragen. Das Kleid reicht bis kurz über das Knie.

"Bring sie aus der Fassung", meinte Lilly, "du brauchst dich nicht verstecken."

Also gut. Wie im Stierkampf, fällt mir ein. Ich bin das rote Tuch. Mal sehen!

An die linke Schulter habe ich meine rotgoldene Spinnen-Brosche angesteckt. Die Lippen klatschrot, meine Haare mit dem Lockenstab bearbeitet, jetzt fallen sie in Kaskaden über meine linke Schulter bis über die Brust. Rote Highheels. Ich sehe definitiv nicht aus, als wollte ich über Literatur reden. Will ich das überhaupt?

Als ich um 17:30 Uhr am Drehort erscheine, dieselbe Prozedur. Ich bin nicht mehr ganz so aufgeregt. Neu: Ich bemerke die Blicke der Männer, aber auch der Frauen. Ich falle auf!

Lilly, du müsstest das sehen!

Das Café im Meridien hat eine tiefe Kassettendecke, die Wände eingerahmt in Mahagoni-Holz, dazwischen Streifen aus rotem Samt, die die Tapete ersetzen. In den Samtstreifen hängen Bilder in roten Rahmen. Mit meiner Kleidung, rotes Kostüm, rote Lippen, rote Haare sehe ich aus wie die Personifizierung des Cafés selbst. Hoffentlich denkt man nicht, ich sei vom Hotel!

Das Café ist modern eingerichtet, wie alles im Meridien. Trotzdem gemütlich. Wir sitzen wieder in einem Kreisrund, das Publikum um uns herum an kleinen, runden Tischen. Cappuccino und Wasser neben mir am Beistelltisch. Ich hole Luft. Diesmal sitzt mir Großmund direkt gegenüber. Er mustert mich argwöhnisch.

Komm nur!, denke ich. Der erste Stier, der sich an mir die Hörner abstoßen wird. Ich bin krawallig drauf. Ob das gut ist?

Die Kotzbühl sitzt rechts von Großmund. Vielleicht hat sie ihn dann besser unter Kontrolle. Schließlich macht sie die Sitzverteilung. Irgendetwas muss sie sich dabei gedacht haben.

Auf 3 Uhr hat sich Vielrieder niedergelassen. Die Kotzbühl unterhält sich angeregt mit ihm. Es geht um seine Verletzung, zumindest blickt sie oft auf die mindestens 5x5-Zentimeter große Mullkompresse, die an den Rändern mit Hansaplaststreifen fixiert ist. Sie hat einen mitleidigen Blick. Warum stört mich das?

Mein Werk!, denke ich. Wenn du wüsstest!

"Na, Sie wollen den Männern aber heute zu schaffen machen!", redet mich die Wisskat von der Seite an. Sie grinst verschmitzt. Das ist neu! Ich wende mich zu ihr, lächle und zucke dann mit den Schultern. "Warum nicht?"

"Mach nur! Sie können es sich wenigstens erlauben!", sagt sie mit ihrer sägeartigen Stimme. Sie selbst trägt ein beige-goldenes Kostüm, schlicht.

Mit einem Blick gibt sie mir zu verstehen, dass

ich nach links schauen soll. Ich schaue sie kurz verdutzt an. Dann drehe ich mich auf die andere Seite.

Gutlach! Er hat sich mir zugewandt!

"Hallo", sage ich beiläufig. Sein Blick sagt mehr als tausend Worte.

"Auch hallo!", sagt er. Er schaut mir in die Augen, dann wandert sein Blick nach unten. "Die Spinne ist originell! Sie gehören definitiv auf die Bühne!"

Ich lache. "Die hab' ich ja hier!"

Jetzt lacht auch er. Ein freundliches, raumeinnehmendes Lachen. Schließlich ist er ja Schauspieler!, denke ich. Ich mag ihn.

Heute trägt er schwarz: Schwarzer Pulli, schwarze Hose, schwarze Schuhe. Ich sage nichts.

Als ich mich zur Mitte drehe und Babsi freundlich zunicke, fällt mir auf, dass Gutlach, ich und die Wisskat wie eine Deutschlandfahne daherkommen. Er schwarz, ich rot, sie golden.

Babsi auf 9 Uhr hat wieder ihr weißes Kostüm mit Ausschnitt, Betonung auf Ausschnitt. Diesmal hast du ihn dir gegenüber, denke ich. Heute bekommst du alle Augenzwinkereien ab. Aber Babsi scheint sich an Vielrieder nicht zu stören.

Als es 18:00 Uhr ist, fängt die Kotzbühl an. "Herzlich willkommen daheim und hier zur zweiten literarischen Runde, **Wettkampf! Aber wörtlich!** Noch einmal kurz zu unserem Team.

Mein Name ist Susen Kotzbühl, zu meiner Rechten Gunter Großmund, Autor von 'Gold und Kaviar', daneben, Vertreterin unserer Jugend, die Gymnasiastin Barbara Saatgud", sie deutet auf Gutlach, "Fritz Gutlach vom Münchner Staatstheater, und, heute mir gegenüber, Fräulein Madelaine Leserat, sozusagen unser Publikumsjoker, ausgewählt aus tausenden Zuschriften, im Losverfahren, wie Sie wissen, herzlich willkommen."

Ich nicke. Die Kotzbühl mustert mich von oben bis unten.

Ich bin keine Konkurrenz für dich, denke ich, will ich auch nicht sein, du bist die Moderatorin.

Aber die Kotzbühl wirkt zu meinem Erstaunen ein klein bisschen verunsichert.

Sie fährt fort. "Weiter geht es mit Frau Dorothea Wisskat, Lektorin des Liesmich-Verlags und zu meiner Linken, zu guter Letzt, Herr Professor Jan Vielrieder, Professor für Neuere Deutsche Literatur an der Universität Freiburg im Breisgau."

Sie blickt kurz auf die Mullkompresse an seiner Stirn, sagt aber nichts weiter, sondern wendet sich nach vorne.

Hinter meinem Rücken hat man die Tafel aufgebaut, den Monitor, an dem die Rangfolge steht. Ich mit meinen 3 Punkten, Vielrieder mit 29.

"Und hier der Punktestand!", fährt die Kotzbühl fort. "Es führt Professor Vielrieder mit 29

Punkten."

Sie lächelt ihn an, blickt wieder auf seine Verletzung. Jetzt kommt es, denke ich und ich habe Recht.

"Hat man Sie wegen ihrer Punktzahl schon abstrafen wollen?", scherzt sie.

Zuerst lächelt Vielrieder die Bemerkung weg. Dann sagt er doch was: "Auch Aufzugstüren können ein formidabler Gegner sein!"

Aha, denke ich. Ich war also deine Aufzugstür. Interessant.

Ich blicke ihn konzentriert an, aber Vielrieder bleibt mit seinem Blick an der Kotzbühl hängen. Sie hat heute ein langes, sehr großzügig geschnittenes Kostüm in schwarz-weiß. Dem Blick nach zu urteilen, scheint es Vielrieder zu gefallen oder was darunter ist. Aber was gefällt dem nicht? Er zwinkert nicht. Vielleicht fällt es ihm auch schwer mit dem rechten Auge zu zwinkern in Anbetracht seiner Verletzung. Wieder führt er sein Handgelenk an die Nase. Habe ich ihn da auch getroffen? Vielleicht der Deckel der Dose? Nasenbluten hatte er jedenfalls nicht!

Die Kotzbühl nimmt die Bemerkung mit einem Lachen auf.

"Hermann Hesse! Lieblingsautor vieler Deutscher!", fängt sie an.

Siddharta? Ja, denke ich. Hesse kann super schreiben, aber der Steppenwolf?

"Und sein Steppenwolf von 1927", fährt die Kotzbühl fort, "selbst im Ausland ein Erfolg! Um was geht es? Harry Haller, ein Mann von fast 50, lässt sich in einer größeren Stadt nieder und versucht dort seine Depression und seinen Gesellschaftsekel zu überwinden. Hallers Problem ist sein Doppelwesen." Die Kotzbühl lies ab. "Als Mensch ist er Bildungsbürger, an Musik und Philosophie interessiert, als Wolf ist er ein Zweifelnder, einsam, ein Außenseiter, dem Bürger überlegen, ein Genie und Revolutionär. In der Mitte des Romans trifft er die Gelegenheitsprostituierte Hermine, die ihn sozusagen erzieht und ihm aus der Depression hilft. Sie ist seine Führerin und Verführerin…"

Die Kotzbühl wagt einen Seitenblick zu Vielrieder und lächelt ihn an. Ich schaue zu Vielrieder, aber er zeigt keine Regung.

"Hermine legt ihm zum Zwecke der Nachreifung die hübsche Maria, Freundin und Kollegin, ins Bett", ein kurzer Blick zu mir!

Von wegen, denke ich,

"und Haller genießt die Liebesspiele. Schließlich nimmt er an einem Maskenball teil, trifft dort Maria, dann die als Mann verkleidete Hermine und zu guter Letzt den Musiker Pablo, der ihn ins magische Theater einführt, wo Haller unter Drogen seine vielen Persönlichkeiten erfährt. Da er in seinem Rausch vermeintlich Hermine aus

Eifersucht ersticht, wird er von den von ihm als Unsterbliche bezeichneten Persönlichkeiten, wozu Mozart und Beethoven gehören, zur Strafe ausgelacht."

Großmund nickt vielsagend. Er hält sich sicherlich schon für unsterblich. Ob sein "Gold und Kaviar" allerdings im nächsten Jahrhundert noch gelesen wird, wage ich zu bezweifeln.

"Letztlich gelingt ihm die Integration seiner Persönlichkeitsanteile nicht." Die Kotzbühl lächelt in die Runde.

"Ein komplexer Roman, eine komplexe Psyche. Ab in den Kanon damit?"

Ich hole tief Luft und richte mich auf.

"Nicht so eilig!", flüstert mir die Wisskat zu und legt ihre Hand auf meine, als ich schon etwas sagen will. "Lass die erstmal ihr Pulver verschießen!"

Ich blicke sie erstaunt an. Sie lächelt freundlich. Das hätte ich ihr nicht zugetraut. Offenbar war auch sie mal jung. Ich lächle zurück. Habe ich eine Verbündete?

Vielrieder reibt sich wieder mit dem Ärmel die Nase. "Zweifellos ist Hermann Hesse nicht aus der deutschen Literaturgeschichte wegzudenken. Er hat unzählige Literaturpreise erhalten, unter anderem den Nobelpreis für Literatur 1946, weit über 100 Millionen Exemplare seiner Bücher wurden verkauft. Auch im Ausland ist Hesse bekannt, gerade der Steppenwolf wurde in den 60er Jahren von den Hippies in den USA aufgegriffen, selbst eine Rockband trägt den Namen Steppenwolf. Hesse gehört in einen Kanon!"

Die Kotzbühl und Großmund nicken gleichzeitig.

"Ich stimme ihnen zu!", sagt Babsi. "Aber muss es denn der Steppenwolf sein? Ein alter Mann in der Midlife-Crisis sucht neue, sexuelle Erfahrungen mit jungen Frauen. Ich bin jetzt in der 12ten Klasse, ich habe schon Peter Stamms 'Agnes' gelesen, Frischs 'Homo faber', ich habe es satt, die Krisen und Fantasien 50-jähriger Männer durchzudenken. Von mir aus Hesse, aber dann bitte den Siddharta!"

"Ein klares Statement!", meldet sich die Kotzbühl. "Verständlich!"

"Das mag ja alles stimmen, mein Fräulein", setzt Großmund an.

Ich rücke auf meinem Sessel ein Stück nach vorne. Ich habe meine Wut von gestern noch im Bauch. Heute lasse ich es ihm so nicht durchgehen. Das habe ich Lilly versprochen.

Großmund lässt sich nicht stoppen. "Haben Sie schon einen Roman geschrieben?" Babsi schüttelt natürlich den Kopf. "Sehen Sie! Es kann also doch von Vorteil sein, einem 50-jährigen zuzuhören?"

"Das ist doch krank!", platze ich heraus. Die

Kotzbühl schaut mich irritiert an. Habe ich Großmund beleidigt? "Ich meine Hesse!"

"Jetzt verwechseln Sie mal nicht den Autor mit seinem Werk, mein Fräulein!", droht Großmund und er macht das nicht nur, indem er die Stimme hebt, nein, sein Zeigefinger sticht auch ab und zu in meine Richtung. Und ich sitze diesem Kürbis genau gegenüber. Gott sei Dank, sind da noch ein paar Tische zwischen uns.

"Das ist doch egal!", kontere ich. "Kranke, alte, weiße Männer haben kranke, alte, weiße Gedanken!" Ich bin erstaunt über mich selbst. Woher habe ich das?

"Das ist doch grober Unfug!" Großmund brüllt fast schon und deutet auf mich. "Und was soll man dann über junge Frauen sagen. Wenn ich Ihre Aufmachung ansehe, frage ich mich, ob Sie überhaupt lesen können."

"Sie gehen ein wenig zu weit!", schaltet sich die Wisskat neben mir ein. "Der Jugend ihre Attraktivität vorzuwerfen, ist weder legitim noch hätte das ihr Hermann Hesse unterschrieben."

Babsi grinst und ich blicke erschrocken zur Wisskat. Wir sind ein gutes Team, denke ich.

"Herr Vielrieder", unterbricht die Kotzbühl, um die Wogen zu glätten. "Was sagt die Literaturwissenschaft? Können Sie die beiden versöhnen?"

Vielrieder blickt mich an. Er zwinkert mir zu, mit

seinem heilen Auge.

Sein Hemdsärmel fährt wieder zu seiner Nase. Was riecht er eigentlich ständig? Und dann sehe ich es: Er hat in seinem Hemdsärmel ein mit Spitzen versehenes Stück Stoff. Meinen Slip! Ich bin geschockt. Jetzt weiß ich, warum ich heute Morgen meinen Slip nicht gefunden habe. Mir brennt eine Sicherung durch. Ich schieße nach vorne, auf Vielrieder zu.

Er hält beide Hände schützend vor sich. Er hat meinen Gesichtsausdruck gesehen. Ich bin so wütend. Ich ziehe meinen Slip aus seinem Hemdsärmel und scheuere ihm eine auf die intakte Gesichtshälfte. Es klatscht richtig.

Geschieht dir ganz recht!, denke ich. Schade, dass ich gerade kein Döschen zur Hand habe.

"Jetzt reicht es!", schreie ich und in dem Moment sehe ich, dass ich ein Stofftaschentuch mit Spitzen in der Hand halte.

Am liebsten wäre ich jetzt unsichtbar. Wie konnte ich mich so irren?

Die Kotzbühl ist aufgesprungen und hält mich zurück.

"Was ist denn mit Ihnen los?", schreit sie hysterisch.

Ich blicke zu Boden. Ich weiß nicht, wohin mit mir. Was soll ich sagen? Lilly, hilf mir!, denke ich. In meiner Verzweiflung rieche ich an dem Taschentuch. Eukalyptus. Ist der einfach nur erkältet?

"Ich dachte…, ich."

Ich kann nicht mehr. Ich werfe Vielrieder das Taschentuch in den Schoß und renne aus dem Café, die entsetzen Blicke der Leute! Ich muss mich sammeln!

"Man hätte Sie gar nicht einladen dürfen", höre ich Großmund noch verkünden. Dann bin ich im angrenzenden Flur und breche in Tränen aus. Oh Gott, ist das peinlich!

Ich verbringe eine gefühlte Ewigkeit auf der Toilette. Schon wieder bin ich verheult, habe mein Make-up nicht greifbar - das Döschen liegt in meiner Tasche, an meinem Platz - und komme genauso bleich wie gestern zurück ins Café des Meridien. Die Kotzbühl kommt mir entgegen, im Schlepptau die Wisskat.

"Ich weiß ja, dass Sie aufgeregt sind", beginnt die Kotzbühl, "aber das geht zu weit. Seien Sie froh, dass Professor Vielrieder das gelassen sieht."

"Tut er das?", frage ich unter Tränen.

"Er meint, der Aufzug sei weniger mitfühlend gewesen!"

Ich erstarre. Humor scheint er ja zu haben.

Die Wisskat nimmt mich zärtlich am Arm. So viel Mitgefühl habe ich ihr nicht zugetraut. "Sie bleiben jetzt einfach mal schön bei mir sitzen. Wenn man Sie zu hart angeht, überlassen Sie das mir!"

Ich nicke, schäme mich in Grund und Boden und wische mir ein paar Tränen weg.

Wir kommen zurück ins Café. Alle stehen herum und reden aufgeregt miteinander. Als sie uns sehen, setzen sich alle wieder hin. Babsi schaut mich entgeistert an.

Ich will auf Vielrieder zugehen und mich entschuldigen, aber die Wisskat hält mich zurück.

"Nachher ist noch Zeit genug!", meint sie.

Die Kotzbühl hat kurzerhand eine Werbung dazwischengeschaltet.

"So, nach diesem kleinen Schlagabtausch, wollen wir wieder in ruhigere Fahrwasser", beginnt die Kotzbühl, als wir auf Sendung sind. "Literatur ist streitbar, aber unsere kleinen Scharmützel wollen wir in Worten austragen. Nicht der Stärkere gewinnt, sondern die besseren Argumente. Herr Gutlach. Sie haben sich bisher noch zurückgehalten. Was sagen Sie zu Hesses Steppenwolf."

"Nun, wir am Theater versuchen ja gerade das umzusetzen, was sozusagen die Natur des Wolfes im Steppenwolf ist, nämlich das tiefe, absolute Gefühl", Gutlach ballt die Faust, "das Gefühl, das ohne die Tat nicht auskommt, ja, das gerade zur Tat drängt. Insofern gebe ich dem Steppenwolf Recht. Wir müssen uns aus der Seichtheit unserer Gefühle und vor allem aus den Sicherheiten herausheben, spontan sein, Risiken eingehen, angreifbar werden."

Er spricht mir aus der Seele, denke ich. Gefühle, die zur Tat drängen! Vielrieder beobachtet mich. Ich versuche, seinem Blick auszuweichen, aber gleichzeitig will ich wissen, ob er mir verziehen hat. Wenn das so weitergeht, kommt er nicht lebend aus diesen Literaturgesprächen heraus. Ich blase Trübsal.

"Aber im Gegensatz zu Haller, verkriechen wir uns nicht in der Depression, richten unsere Aggressionen nicht nach innen. Wir leben sie auf der Bühne aus und zeigen dem Zuschauer so die Folgen und Chancen. Sich ganz zu leben, das ist Theater." Gutlach ist fertig.

"Trotzdem, finde ich, gehört der Steppenwolf nicht in den Kanon", Babsi blickt mich an. Ich erwidere den Blick. Langsam geht es wieder. "Madelaine hat Recht. Ich finde das auch krank. Außerdem hat Hermann Hesse selber Depressionen gehabt. Im Unterricht haben wir darüber gesprochen, dass Hesse stark biographisch schreibt. Aber warum sollen wir das lesen? Kann ich damit nicht warten, bis ich 50 bin?"

"Eine berechtigte Frage!", sagt die Kotzbühl und lächelt zufrieden. Die Diskussion ist wieder im Gange trotz meiner Einlage. "Was sagt der Autor. Wollen Sie auch nur von 50-Jährigen gelesen werden?"

"Das ist ja lächerlich!" Großmund wie immer provokant! "Was Hänschen nicht lernt, lernt Hans nimmermehr! Nein! Die Jugend kann doch nur profitieren! Je tiefer man in die Gedankenwelt eines Hesses oder Goethes eintaucht, desto mehr wird man zum Menschen!"

"Das sind große Worte!", unterbricht ihn die Wisskat. "Zum Menschen werden wir vor allem, wenn wir mehr Empathie zeigen. Große Literatur muss uns große Gefühle lehren. Dazu braucht es nicht unbedingt den Steppenwolf. Zumal: Sind wir mal ehrlich. Alles dreht sich um Haller, ob Hermine sich um ihn kümmert, Maria mit ihm schläft oder Pablo ihn ins magische Theater einführt. Das Ganze ist und bleibt eine narzisstische Fantasie des Autors!"

"Große Literatur hat immer Zeitenwenden in den Blick genommen, den Zeitgeist getroffen und kritisch hinterfragt", beginnt Vielrieder und fixiert mich dabei.

Hat er Angst, dass ich wieder aufstehe. Ich halte einen Moment seinem Blick stand, sehe nichts Böses darin, dann greife ich nach meinem Cappuccino. Ich muss mich später entschuldigen, auch wenn er trotzdem ein Arsch ist.

"Der 1. Weltkrieg, die Kriegsbegeisterung der Deutschen zu Beginn, die Auswirkungen der technisch-rationalisierten Welt, das Gefühl der Bedrohung durch nahende Kriege, all das ließ

Hesse nicht los und wird im Steppenwolf kritisiert. Auch die innige Beschäftigung mit der Tiefenpsychologie von Carl Gustav Jung hat im Steppenwolf eine literarische Blüte gefunden. Das Alter des Autors spielt da weniger einer Rolle."

Denkst DU, weil du selbst alt bist, denke ich. Die Kotzbühl jedenfalls schmachtet ihn begeistert von der Seite an.

"Es gibt doch genug moderne Literatur!", sage ich verzweifelt.

Die Kotzbühl schaut mich an, bereit zum Sprung, falls ich noch jemanden anfallen sollte. "Wenn wir jeden Zeitgeist verstehen wollten, könnten wir auch bei Adam und Eva anfangen. Warum lesen wir nicht "The Circle?"

Großmund lacht überheblich. "Wir sprechen über deutsche Literatur, Mademoiselle, n'est pas?"

"Warum reden Sie dann Französisch?", gebe ich spitz zurück. Ich weiß zwar nicht, was 'nespa' heißt, aber egal. Babsi grinst.

"Sie hat ja Recht!", sagt Gutlach. "Es ist schon ein Unterschied, ob wir einen Kanon für die Jugend entwerfen wollen oder einen, ähm, so allgemein, dass wieder niemand zufrieden ist. Wenn wir die Jugend bilden wollen, dann müssen wir ihre Beiträge auch hören."

"Jaaaa!", setzt Großmund an. "Die Jugend will Empathie lernen. Nur zu! Mag sie sich in die Gedanken von Hesse, Goethe und Thomas Mann hineindenken. Voilà! Da haben sie die Empathie."

"Dann könnte ich ja auch "Mein Kampf" lesen!", sage ich. Schlagartig bemerke ich, wie die Kotzbühl sich gerade rückt. Sie hat Angst, dass ihr die Diskussion entgleitet. Ich bin übers Ziel hinausgeschossen.

"Das ist doch jetzt die Höhe!", ereifert sich Großmund. "Das Geschwurbel eines erbärmlichen Diktators mit dem literarischen Niveau eines Hesse zu vergleichen."

"Sie haben zweifellos Recht, Herr Großmund", schaltet sich die Wisskat ein. "Ich glaube, was unsere junge Leserin meint, ist, dass der Narzissmus eines Hallers uns nicht unbedingt beibringt, wie man empathisch wird. Wie, bitte schön, soll sich eine 18-Jährige", sie macht eine Geste in Richtung Babsi, "wie soll sich eine 18-Jährige in die Gedankenwelt eines 50-Jährigen einfühlen oder -denken, wenn ihr dazu der Erfahrungshintergrund fehlt? Der Literaturkanon darf keine Vergewaltigung sein."

Großmund ereifert sich, aber die Kotzbühl kommt ihm zuvor. "Das ist ein starkes Wort, Frau Wisskat." Sie blickt Vielrieder an. Der nimmt den Ball natürlich auf.

"Die Frage ist tatsächlich, die: Kann Literatur eine Katharsis", er blickt mich an. Natürlich habe ich den Begriff nicht verstanden, "Kann Literatur eine Reinigung der Seele, der Gefühle bewirken, wie es die aristotelische Poetik fordert? Ich glaube eher, dass dazu vielleicht noch das Theater fähig ist, wo der Mensch selber agiert und auch gesehen wird. Literatur ist reine Fantasie. Die Katharsis braucht Begegnung!"

Schön gesagt, denke ich. Ich blicke ihn an. Vielrieder hält meinem Blick stand. Ich weiß nicht, was er denkt. Jedenfalls hatte er ja dann gestern seine Katharsis gehabt. Ich muss trotz allem grinsen. Vielrieder grinst zurück. Blödmann!

"Eine Katharsis!", wiederholt die Kotzbühl. "Schauen wir doch einmal, was die Zuschauer dazu sagen. Kann Literatur unsere Seele reinigen", sie blickt zu Vielrieder, "kann uns Literatur zu innerem Wachstum verhelfen, kann sie uns empathisch machen?"

Alle blicken gebannt zum Monitor.

"Für alle, die nun zu Hause gebannt die Auswertung verfolgen. Wir haben 1000 Zuschauerinnen und Zuschauer, die direkt mit unserer Studioleitung verbunden sind. Unterschiedlicher Altersgruppen, versteht sich."

Die Balken erscheinen und bewegen sich nach oben, ziemlich gleichmäßig. Am Ende steht es 51 zu 49 Prozent für die Literatur.

"Das ist kein Ergebnis!", wettert Großmund.

"Moment!" Die Kotzbühl macht Großmund ein Zeichen, sich zurückzuhalten. Gott sei Dank. "Ich höre gerade, dass unter den jungen Leuten die

Verteilung ganz anders aussieht. Bei den unter 30 Jährigen glauben nur 18 Prozent daran, dass Literatur das kann. Die große Mehrheit, nämlich 78 Prozent, sagt: Literatur macht uns nicht zu besseren Menschen! Wie erklären Sie sich das."

"Viele der Autoren waren vielleicht genauso verbittert wie Hesse", sagt Babsi. "Wer verbittert ist, kann keine Empathie lehren, wie auch?"

Ich nicke ihr zu und grinse. "Siehe Großmund", flüstere ich ihr über den Schoß von Gutlach hinweg.

"Das hab ich gehört!", schreit Großmund. "Sie scheint ja meine Meinung nicht sonderlich zu interessieren, Fräulein."

Ich drehe mich um. "Vielleicht, weil Sie sie immer so unverschämt präsentieren. Können Sie nicht mal normal reden!"

Großmund steht auf. Er stellt sich wie eine Dampfwalze vor mich. Gott sei Dank ist da noch der Tisch. Die Wisskat greift mir in den Arm. Ruhig bleiben!

"Herr Großmund, bitte!", setzt die Kotzbühl an und greift ihrerseits nach dem Arm von Großmund.

Großmund reißt sich los. Geht er jetzt auf mich los?

Stattdessen dreht er sich zur Kotzbühl. "Wenn die schlagkräftigen Argumente von diesem Fräulein hier", er gestikuliert in meine Richtung, natürlich meint er meine Ohrfeige für Vielrieder, "wenn die mehr Wert sind als eine intellektuelle Auseinandersetzung. Dann arrivederci!"

Er drückt die Kotzbühl brüsk weg. Vielrieder schießt hoch, macht aber nur der Dampfwalze Platz. Er blickt zur Kotzbühl.

Die Kotzbühl fährt sich durch ihren Bubischnitt, blickt kurz auf die Uhr. Sie hat sich anders entschieden.

Großmund hat unsere Diskussionsrunde verlassen. Er dreht sich um. "Das ist niveaulos!", wettert er und ballt die Faust. "Wer von Literatur keine Ahnung hat, hat hier keinen Platz!"

Warum gehst du dann, denke ich schnippisch. Großmund stapft davon.

Die Wisskat blickt ihm gleichgültig nach. Die hat Nerven!

Jetzt klafft ein Loch in unserem Diskussionskreis.

"Eine aufgeregte Zeit", beginnt die Kotzbühl, "das hätte ich mir vor zwei Tagen nicht gedacht. Literatur scheint die Gemüter zu bewegen!"

Wahrscheinlich treibt es die Einschaltquote nach oben, denke ich.

Am Ende zeigt der Monitor die Abstimmung über "Der Steppenwolf". Ich fasse es nicht. Er wird mit 51 zu 49 Prozent rausgewählt. Soll ich mich freuen? Ich blicke selbst entgeistert zu der Tafel, die in meinem Rücken die Ergebnisse anzeigt.

"Gewagt!", meint die Wisskat und lächelt mir zu.

Dann kommt die Punkteverteilung für uns. Ich kneife die Augen zusammen. Schließlich blicke ich wieder an die Tafel. Großmund hat 17, Gutlach 10, warum hat der so wenig?, ich habe 19, ich grinse in mich hinein. Wenigstens wurde ich nicht für die Ohrfeige abgestraft. Babsi hat 17, Vielrieder 26, kriegt er das für sein Aussehen oder den Professorentitel?, die Wisskat nur 11.

Endstand. Es führt Vielrieder mit 55, gefolgt von Großmund mit 38, Babsi mit 35, Gutlach mit 31, ich 22 und Wisskat macht das Schlusslicht mit 19.

Als die Übertragung vorbei ist, hält mich die Wisskat am Arm zurück. "Warum haben Sie unserem Professor eigentlich so eine Watschen verpasst? Was wollten Sie denn mit seinem Taschentuch?"

Ich werde rot, blicke sie verschämt an. Ich sage nichts.

Die Wisskat nimmt mich zur Seite. "Wurden Sie belästigt?"

Ich trete von einem Bein auf das andere. Sie will mir helfen. Aber was soll ich ihr sagen?

"Nein, das war ein Missverständnis." Ich druckse herum. "Er schaut immer so anzüglich!" Ich blicke der Wisskat in die Augen.

"Ich kann es ihm leider nicht ganz verdenken!", sagt die Wisskat und hält meinem Blick stand. "Sie sind bildhübsch, meine Liebe." Sie macht eine kurze Pause, während sie meine Augen studiert.

"Aber Sie verschweigen mir etwas. Wie dem auch sei. Scheuen Sie sich nicht, meinen Rat einzuholen. Mein Gatte ist Anwalt!"

Wow, denke ich. Das war eine Ansage. Sie vermutet also doch eine sexuelle Belästigung. Hat er ja auch!, denke ich. Aber dafür hat er schon bezahlt. Oder sollte ich ihn verklagen? Es gab ja keine Zeugen!

"Danke!", flüstere ich und blicke in die strengen Augen der Wisskat. Ich bin den Tränen nahe. Kurz drücke ich ihr die Hand. Dann mache ich mich los. Ihren Blick spüre ich in meinem Rücken. Erst als ich im Korridor verschwinde, fange ich wieder an zu atmen. Trotzdem: Jetzt bin ich bedrückt. Ich verziehe mich erstmal auf mein Zimmer! Duschen!

Worte kommen und gehen. Ob sie bleiben, hängt von ihrer Kleidung ab.

Madelaine!

Ihr schickt sie hinaus, Millionen von Flüchtlingen und Flüchtigen. Aber nur die Gutgekleideten

machen euch stark. Es ist die Farbe eurer Stimme, der Aufschlag euer Augen, eure Gesten, euer Gefühl,

das Gewand meiner Gesellen. Gebt ihnen schöne Kleider, zarte, behutsame,

keine groben, auch wenn die dunklen genauso langlebig sind wie die lichten.

Liebt!

DER AUFZUG

"Warum hast du ihm denn eine gescheuert?", fragt mich Lilly. "Du hast ihn doch schon ziemlich zugerichtet!"

Ich grinse.

Ich habe Lilly angerufen, um wieder auf den Boden zu kommen. Und natürlich habe ich ihr das von gestern erzählt.

"Ich dachte, er hätte meinen Slip im Ärmel!", sage ich kleinlaut.

Lilly lacht schallend. "Wie? Deinen Slip?", sie kann sich nicht mehr halten, "und riecht ständig an deinem Slip? Das wäre ja echt pervers!"

Ich grinse. "Es war schon pervers genug, dass er da gestern einfach in mein Zimmer geschlichen kommt."

"Wahrscheinlich war er selber mehr als überrascht, dich nackt vor dem Spiegel zu sehen. Wusste er denn, dass du neben ihm wohnst?"

"Keine Ahnung!"

"Wenn er gleich weggelaufen wäre, wäre es dir doch noch komischer vorgekommen!", sagt Lilly. Sie hat sich auf ihr Bett gelegt und grinst in die Kamera.

"Willst du ihn jetzt auch noch verteidigen?", knurre ich.

"Nein! Bei dem 'Raus' hätte er definitiv das Weite suchen müssen." Sie macht eine Pause. "Oder sterben!" Lilly lacht.

"Genau! Er hat sich halt für Letzteres entschieden!"

"Er hat heute aber keine schlechte Figur gemacht!", sagt Lilly. Sie will mich necken.

"Na und?"

"Komm schon, Madelaine. Er sieht gut aus, ist Professor, wie alt ist er eigentlich?"

Ich schüttele den Kopf. "Keine Ahnung, aber Professor wirst du nicht mit 20!"

"Vielleicht ist er ja depressiv, wie Hermann Hesse!", Lilly grinst. "Das solltest du ihn mal fragen!"

"Ich frage ihn gar nichts! Außerdem macht ihm die Kotzbühl doch schon den Hof."

"Ich wette, die ist älter als der!" Lilly macht ein spitzbübisches Gesicht.

"Willst du mich verkuppeln? Ernst jetzt?"

"Quatsch! Nur deine mögliche Zukunft ausloten, als Professorengattin!", Lilly lacht schallend. Sie will mich nur aufziehen.

"Ich brauche keinen Professor für meine Zukunft!" Ich sinke auf mein Bett. "Ach, Lilly! Das Ganze ist echt anstrengender, als ich gedacht habe. Noch so eine Aktion und die werfen mich raus.

Die Kotzbühl hat mir gesagt, dass ich froh sein kann, dass Vielrieder auf eine Anzeige verzichtet. Schließlich kann ich kaum ableugnen, dass ich ihn geschlagen habe. Millionen haben zugeschaut!"

"Denk nicht soviel darüber nach, Madi! Das bringt sowieso nichts! Außerdem steigert das die Einschaltquote. Ich wette, morgen schaut euch ganz Deutschland zu."

Ich seufze. "Ich gehe jetzt was essen. Unten haben sie für uns ein kleines Buffet aufgebaut."

"Bring mir was mit!", scherzt Lilly.

"Ich schick dir ein Foto!", sage ich und grinse. "Bis morgen, Lil!"

"Kopf hoch, Madi!"

Dann klickt sie mich weg.

Ich mache mich frisch, nehme meine Handtasche und gehe zum Aufzug. Als die Aufzugstür aufgeht, trifft mich der Schlag: Vielrieder. Der Mann hat echt den Zufall gebucht. Ich verziehe angestrengt meine Mundwinkel. Ich muss mich ja noch entschuldigen.

"Sie gehen auch etwas essen?", fragt er höflich.

"Ja", sage ich und trete in den Aufzug, der mir plötzlich viel zu klein vorkommt.

"Schön! Dann haben wir dasselbe Ziel!"

Aber nicht denselben Tisch, denke ich!

"Es tut mir leid!", sage ich kurz, drehe mich dann von ihm weg und starre auf die Anzeige im Aufzug. Ich spüre ihn in meinem Rücken. Der

Mann macht mich nervös.

"Madelaine!"

Mir fährt das Herz in die Hose. Was will er jetzt? Ich drehe mich zurück.

"Darf ich Ihnen etwas sagen?", fragt er.

Ich zucke mit den Schultern. "Von mir aus!" Lange kann es ja nicht mehr dauern, bis der Aufzug unten ist.

Plötzlich legt Vielrieder den Sicherheitsschalter des Aufzugs um, es ruckelt kurz. Wir stehen!

Ich starre ihn an und greife in meine Handtasche.

Vielrieder macht einen Schritt zurück. "Nein, Sie verstehen mich wieder nicht!"

"Als ob!", sage ich und will den Schalter wieder umlegen, aber er legt seine Hand auf meine.

"Bitte!", fleht er. "Wenn ich Ihnen zu nahe trete, dürfen Sie gerne das Döschen gegen mich einsetzen."

Ich ziehe meine Hand zurück. Seine Berührung hat mich elektrisiert. Okay, denke ich, vielleicht ist er ja wirklich ungefährlich. Schließlich hat er nicht vor dem Aufzug auf mich gewartet. Vielleicht lässt sich ja alles aufklären.

"Warum müssen Sie dazu den Aufzug anhalten?", knurre ich und sehe ihn feindselig an.

Er schaut mich an. Er hat wieder diesen Hundewelpen Blick, der mich sofort weich werden lässt. Ich ärgere mich über meinen Körper. Bleib sachlich, Madelaine, sage ich mir.

"Da unten sind wir sicherlich nicht mehr allein!",
sagt er. "Ich wollte mich für gestern entschuldigen.
Ich weiß selbst nicht, warum ich stehen geblieben
bin. Ich war einfach unmöglich." Er schüttelt den
Kopf, als würde er sich selbst nicht verstehen.
"Verzeihen Sie mir. Ich kann mir selber nicht
helfen. Sie faszinieren mich auf eine Art und
Weise, die mich wirklich aus der Bahn wirft, mit
oder ohne Döschen." Er grinst.

Ich blicke ihn konzentriert an. Vielleicht ist er
doch nicht so pervers.

Er macht einen Schritt auf mich zu.
"Madelaine!", sagt er und berührt mich ganz leicht
am Arm.

Ich kann nicht zurückweichen, wird mir
schlagartig bewusst. War das seine Absicht? Ich
blicke ihn immer noch an. Zweifellos ist er
ziemlich hübsch und mein Körper scheint sowieso
seine eigene Meinung über Vielrieder zu haben.

Ich halte vorsichtig seinen Arm fest. Blicke ihn
an. Mein Puls geht schneller.

Wäre ich ihm anders gegenüber, wenn er gestern
nicht in meinem Zimmer gestanden wäre. Die
Antwort ist eindeutig 'ja'. Wir starren uns immer
noch an. Als ich nicht reagiere, streicht er langsam
über meinen Arm.

Ich hole tief Luft. Er lächelt unmerklich. Dann
zieht er mich vorsichtig zu sich. Als unsere Lippen
aufeinander liegen, tauche ich in ein anderes

Universum ab, nur Spüren, nur Haut, nur Gefühl.

"Bitte bringen Sie den Aufzug nach unten! Es warten noch andere Gäste!", tönt es plötzlich aus einem Lautsprecher. Ich zucke zusammen und fahre zurück. Mein Blick geht nach oben, wo ich den Lautsprecher vermute. Aber dann sehe ich die kleine, kugelförmige Kamera. Mir fährt alles Blut aus dem Gesicht.

Das hier ist öffentlich! Von der Rezeption aus können sie die Aufzüge kontrollieren. Und die wissen, dass der Aufzug nicht einfach so stehen geblieben ist. Gott, ist das peinlich!

Vielrieder dreht sich um und grinst in die Kamera. Er nickt, dann legt er den Schalter um.

Bei mir hat sich auch ein Schalter umgelegt. Ich bin sofort wieder nüchtern. Als er sich wieder zu mir dreht, drücke ich ihn weg. Offenbar begreift er meinen Zustand. Wenigstens etwas!

Stocksteif stehe ich neben ihm und warte, bis wir unten angekommen sind. Ich beachte ihn nicht mehr. Er scheint irgendwie ein Händchen für Situationen zu haben, die einen aus der Bahn werfen, wie gestern, als er ins Zimmer hineingeplatzt ist.

Die Aufzugstür öffnet sich. Davor stehen andere Gäste, die ich nicht kenne. Ich nicke ihnen kurz zu. Sie schauen etwas pikiert, aber sie wissen ja nicht, warum der Aufzug nicht gleich gekommen ist. Besser so!

"Madelaine!", sagt Vielrieder hinter mir.

Ich achte nicht auf ihn. Wie ein Zombi laufe ich an den anderen Hotelgästen vorbei und stakse auf das Buffet zu.

Ich packe mir aufs Geratewohl was auf meinen Teller und verschwinde ins hintere Eck des Essenssaales. Vielrieder erscheint kurze Zeit später an meinem Tisch.

Ich schüttele den Kopf. Enttäuscht zieht er weiter.

Was war das wieder?, frage ich mich selbst. 'Sie faszinieren mich auf eine Art und Weise, die mich wirklich aus der Bahn wirft', hat er gesagt. Scheinbar gelingt es ihm aber jedes Mal, auch mich aus der Bahn zu werfen. Irgendwie überschreitet er immer die Grenze des Normalen. Warum musste er auch den Aufzug anhalten?

Lustlos nippe ich an meinem Essen. In den Augenwinkel sehe ich ihn an einem anderen Tisch, mit der Kotzbühl. Warum bin ich schon wieder eifersüchtig? Was soll ich mit einem 50-jährigen Professor. Auch er sitzt unkonzentriert da, offenbar nur Smalltalk, aber die Kotzbühl ist jedenfalls angetan. Ihrer Gestik und Mimik nach zu urteilen, ist sie hin und weg.

Nachdem ich meinen Teller zur Hälfte aufgegessen habe - der Magen hat sich dann doch wieder gemeldet - schleiche ich zurück auf mein Zimmer.

Ich schmeiße den Fernseher an und logge mich auf Netflix ein. Ich brauche Ablenkung. Ich schaue mir eine Folge von Bridgerton an. Im 19ten Jahrhundert hat man jedenfalls noch gewusst, wie man einer Dame den Hof macht. Heute wird man im Aufzug überfallen, denke ich. Selbst schuld, meldet sich mein Gewissen. Du hattest das Döschen ja dabei.

Es klopft. Ich zucke zusammen. Geräuschvoll lasse ich die Luft aus meinen Lungen. Dann springe ich vom Bett und öffne die Tür einen Spalt.

"Darf ich reinkommen?", fragt Vielrieder.

Natürlich! Er wieder! Ich hatte es geahnt!

Ich überlege, blicke vor mich hin. Er wartet. Was soll ich tun? Mein Puls geht wieder zu schnell. Ich ziehe die Tür auf gestikuliere ihn hinein.

Er setzt sich auf den türkisen Bürostuhl am Fenster. Ich überlege einen Moment. Ich setze mich auf die Bettkante und blicke auf den Monitor.

"Was wollen Sie?", frage ich eine Spur zu genervt.

"Hier gibt es keine Kameras!", sagt er. "Vielleicht können wir hier ein bisschen entspannter plaudern!"

"Plaudern?", frage ich. Leider dominiert das Doppelbett das ganze Zimmer. Hier gibt es keine Kamera. Da hat er Recht. Aber Platz gibt es hier auch keinen.

"Was kann ich tun, damit Sie mir verzeihen?"

Ich seufze. Ich habe keine Ahnung. "Vielleicht, Sie selbst sein!", schlage ich aus einer spontanen Eingebung vor.

Vielrieder schaut mich an. Dann rollt er auf seinem Stuhl an mich heran. Unsere Knie berühren sich. Wir blicken uns an. Mir wird warm, zu warm! Vielleicht war das doch kein guter Vorschlag, 'Sie selbst sein'. Offenbar heißt das ja eher, dass er mit mir ins Bett will, jedenfalls sein tierisches Selbst.

Als er eine Hand auf mein Knie legt, macht sich meine Atmung selbständig. Er will seine Hand nach oben schieben, aber ich halte sie fest. Unsere Gesichter kommen sich gefährlich nah. Ich gebe nach! Wir sinken auf das Bett. Hier ist definitiv Platz genug.

Er bedeckt meinen Hals mit Küssen und greift mir ins Haar. Will ich wirklich jetzt schon mit ihm ins Bett? Nüchtern stelle ich fest, dass ich ja schon im Bett liege. Andererseits genieße ich es.

Mir wird es in dem Moment zu viel, als seine Hand andere Stellen an meinem Körper untersuchen will.

Ich schüttele den Kopf.

"Warum?", flüstert er.

Ich habe keine Lust, eine Antwort zu geben. Muss ich mich als Frau rechtfertigen, wenn ich keinen Sex mit ihm will? Ich seufze. Ich habe heute schon genug diskutiert.

"B-i-t-t-e g-e-h!" sage ich. Er reagiert nicht. "R-a-u-s!", beende ich leise den Satz.

Zerknirscht steht er auf, holt tief Luft. Ein letzter Blick. Dann geht er.

Ich bin den Tränen nahe. Warum diese Eile? Und verdammt nochmal! Warum will mein Körper, aber der Rest nicht? Habe ich ihn brüskiert? Ich mag ihn ja, aber das geht mir viel zu schnell. Zerrissen zwischen dem Wunsch, ihn da zu haben, und der Wut, weil ich von ihm bedrängt werde, weiß ich nicht, was ich denken soll. Soll ich Lilly anrufen? Nein! Ich muss das erstmal mit mir selber ausmachen. Mit Lilly kann ich später oder morgen auch noch reden.

Schließlich kuschle ich mich unter die Decke und lasse Bridgerton weiterlaufen. Aber ich bin wie in Trance. Ich kriege von Bridgerton nichts mehr mit. Wie betäubt liege ich da und kann keinen klaren Gedanken fassen.

Plötzlich höre ich vom Zimmer neben mir die Stimme der Kotzbühl. "Jan, Jan, Jan, oh jaaaa!" Ich fasse es nicht. Hat die Kotzbühl ihn jetzt rumgekriegt oder war es seine Idee? Ich bin stinkwütend. So ein Arschloch! Wollte er einfach nur Sex? Und weil er bei mir nicht landen konnte, ist er nun zur Kotzbühl. In diesem Moment bedaure ich, dass unser gesamtes Team durch die Republik fährt. Wären wir einfach an einer Stelle geblieben, hätte ich meine Ruhe gehabt.

"Jan, Jan, Jaaaaan!" Die Kotzbühl ist nicht auszuhalten.

Ich drehe Bridgerton auf volle Lautstärke, dann schalte ich es ganz aus. Mein Zimmer liegt mittig. Was sollen die Nachbarn von der anderen Seite denken, wenn ich sie spät abends mit Netflix beschalle?

Ich raffe mich auf und verlasse das Zimmer. Runter in die Bar. Ich kann etwas Hochprozentiges gebrauchen. In der Bar sehe ich die Wisskat und Großmund angeregt diskutieren. Sie nicken mir kurz zu und bitten mich an ihren Tisch. Ich lehne ab. Ich bleibe am Bartresen sitzen und nippe an meinem Cocktail. Irgendwann bin ich zu müde. Ich laufe zum Aufzug. Dann nehme ich doch die Treppe. Vom Aufzug habe ich heute genug. Als ich den Flur auf meinem Stockwerk betrete, wer steht am Aufzug? Jan! Wieviel Pech kann man haben?

"Na, schon ausgeschlafen?", sage ich. Mein Sarkasmus ist nicht zu überhören. Jan blickt mich entgeistert an.

Zurück ins Zimmer. Plötzlich höre ich draußen einen Schlag. Die Aufzugstür!, denke ich. Was hat er jetzt wieder angestellt?

Nicht mein Problem. Wenigstens ist Ruhe eingekehrt. 'Jan, Jan, Jan', geistert es mir noch durch den Kopf. Du Arsch!

Ist es nicht seltsam? Ihr schickt die
Gleichgekleideten hinaus zu euren Liebsten und
den Meistgehassten.
　Eure triebhaften Wiederholungen des immer
Gleichen verhallen im Äther, oft ungehört.
　Die Lust erzittert von den unendlichen Reigen
eurer Wünsche und sinnlichen Ergüsse.
　Aber die Liebe, Madelaine, braucht keine
Worte.
　Nein, nur die zerbrochene Liebe bedient sich
ihrer,
　　bisweilen.

FAUST

Am nächsten Morgen geht es nach Köln. Ich bin
wieder früh unterwegs. Jan Vielrieder vermeiden!
　Dieses Mal findet die Diskussionsrunde in einer
Kirche statt. Faust, von Goethe. Ob da die Kirche
der richtige Ort ist? Ein Glück, dass wir die
Literaturliste schon frühzeitig bekommen haben.
Der 'Faust' war für mich ein echter Klotz. Lilly und
ich haben uns gemeinsam da durchgekämpft. Wie
kann man so schreiben? Babsi ist es wohl ähnlich
ergangen. Sie hat es in der Oberstufe durchackern
müssen.
　Die Kotzbühl hat durchsickern lassen, dass
unsere Einschaltquote gestern 3-mal so hoch war.

Die ARD hat zudem mehr Tickets für die Live-Veranstaltung verkauft. Da die Kirche das Geld für die Renovierung des Doms braucht, findet unsere Diskussion nun dort statt. Wenn das so weitergeht, kennt uns am Ende tatsächlich ganz Deutschland.

Unsere Bühne ist auf den Altarstufen aufgebaut. Hinter uns, aber noch vor dem Altar, ist eine riesige Kinoleinwand, auf der unsere Diskussion übertragen wird. Die Kirche ist voll. Literatur als Gottesdienst? Na gut, die Bibel gehört ja auch zu den meist gelesenen Büchern. Ich grinse in mich hinein.

Heute sitze ich mit dem Blick zum Altar. Ich habe ein leichtes, rosa Sommerkleid angezogen, ärmellos. Draußen war es einfach zu heiß. Aber hier in der Kirche ist es viel kühler. Mir ist jetzt schon kalt. Ich habe mich verschätzt. Das heißt, all inclusive, knapp zwei Stunden frieren.

Neben mir wieder die Wisskat, links von mir Gutlach, genau wie gestern. Er macht einen gechillten Eindruck. Als er zu mir blickt, lächeln wir uns an. In diesem Moment kommt Jan auf die Bühne. Die Kotzbühl strahlt ihn an und gestikuliert ihn zu sich. Aber Jan steuert genau auf mich zu. Er tut so, als hätte er sie nicht gesehen. Seine rechte Hand ist verbunden. Der Aufzug gestern Nacht!, erinnere ich mich. Bald sieht er tatsächlich aus wie eine Mumie. Selber schuld!

"Würden Sie mir heute den Platz an der Seite

von Fräulein Leserat überlassen?", fragt er Gutlach.

Ich blicke ihn erschrocken an. Wieder so eine Überraschung.

Gutlach erhebt sich. "Kein Problem. Ich kann es Ihnen nicht verdenken." Er zwinkert mir zu, aber dieses Zwinkern ist aufrichtig, ohne Bett-Gedanken.

"Nein!", sage ich und halte Gutlach am Ärmel seines Pullovers zurück. "Bleiben Sie doch!"

Gutlach lächelt gütig. "Ein Platz weiter ist auch noch okay!"

Jan scheint sich zu freuen. Ob ich mich darüber freuen soll, weiß ich nicht. Sicherlich: Er signalisiert mir, dass ich ihm wichtig bin und er die Kotzbühl links liegen lässt. Sie bedenkt ihn deshalb auch mit unzweideutigen Blicken. Er hat sie brüskiert, auch wenn vermutlich nur ich weiß, dass Jan, Jan, Jan mit ihr die Bettfedern strapaziert hat.

Während ich ihm noch missmutig beim Platznehmen zuschaue, greift die Wisskat nach meinem Arm.

"Madelaine!", flüstert sie mir zu. "Ich kann ja verstehen, dass Sie manchmal gerne durchsichtig, sprich unsichtbar wären, nach allem, was schon passiert ist, aber wenn Ihre Kleidung durchsichtig ist, sind Sie das noch lange nicht. Sie werden erfrieren!"

Ich schaue an mir herab. Auf der ausgestrahlten Bühne sieht man durch den dünnen Gazestoff meinen Slip und meinen Spitzen-BH. Ich hatte es geahnt. War es Trotz? Jetzt ist es zu spät.

Gutlach hat sich neben die Kotzbühl gesetzt, weil Babsi schon vor ihm Platz genommen hatte, gerade als Jan ihn um seinen Sitzplatz gebeten hat. In diesem Moment realisiere ich, dass Jan sich vielleicht gar nicht meinetwegen dort hingesetzt hat. Macht er wieder eines seiner Spielchen? Als ich sehe, dass er Babsi zulächelt, bekommt mein Selbstbewusstsein einen Stich. Ich bin jetzt schon in schlechter Stimmung.

Ich schaue hinüber zu Großmund. Er mustert mich unverhohlen von oben bis unten. Ich habe nicht wenig Lust, wieder zu gehen. Ich starre Großmund direkt an. Er schüttelt nur missbilligend den Kopf und rollt die Augen.

"Billig!", murmelt er vor sich hin. Er glaubt, dass ich ihn nicht gehört habe.

"Selber!" gebe ich zurück, aber er hat sich schon der Kotzbühl zugewandt. "Wenn Faust nicht im Kanon landet, war das mein letzter Auftritt", tut er der Kotzbühl kund.

Sie lacht. "Da habe ich keine Bedenken, dass wir uns morgen wiedersehen!"

Warum reden wir dann überhaupt noch darüber?, frage ich mich.

Die Übertragung beginnt mit dem Stabat Mater,

das der Kölner Dom-Chor zum Besten gibt.
Während der Chor singt, erscheint auf der
Leinwand die Nummer einer Hotline 0900-800-
700-10. Wer 50 Cent zu viel hat, kann heute mit
abstimmen.

So machen die also ihr Geld, denke ich.

Der Chor ist kaum fertig, als uns die Kotzbühl
vorstellt. Sie nennt unseren Punktestand,
angeführt von Jan mit 55 Punkten. Ich habe gerade
mal 22.

"Heute", fährt sie fort, "diskutieren wir über
Goethes Faust, DAS Werk Goethes schlechthin."
Sie blickt zu mir. "Fraulein Leserat, hat es Ihnen
gefallen?" Sie blickt mich an, dann zu Jan.

Reden wir gerade über Jan oder über Goethes
Faust?, frage ich mich. Die Kotzbühl schaut so
provokant.

Ich werde rot. Ich hatte nicht auf dem Schirm,
dass die Kotzbühl mich als Einstieg benutzen will.

Ich hole tief Luft.

"Nicht wirklich!", beginne ich und sehe schon,
wie Großmunds Augenbrauen in die Höhe fahren.
"Ein alter Mann lässt sich vom Teufel verjüngen,
schwängert dann ein armes Bürgermädchen,
bringt ihre Mutter und ihren Bruder um und lässt
sie schließlich mit dem Kind im Stich, das
Gretchen dann aus lauter Verzweiflung umbringt.
Und am Ende von dem ganzen Faust heißt es, 'wer
ewig strebend sich bemüht, den können wir

erlösen!'"

Ich habe zwar Faust II nicht auch noch durchgeackert, aber diesen Spruch hat Lilly in einer der Kritiken gelesen, die wir uns durchgeschaut haben. "Ehrlich gesagt", fahre ich fort, "ich kam mir auch erlöst vor, nachdem ich das Buch hinter mir hatte."

Großmund lächelt zynisch, aber Babsi lacht schallend.

"Uns im Deutschkurs ging es auch so. Das meiste versteht man nicht. Ehrlich gesagt, ich hab nichts gelernt!" Babsi wagt einen Seitenblick zu Großmund. Sie kann den Kürbiskopf auch nicht ab.

"Herr Gutlach!", schaltet sich die Kotzbühl ein, gerade als Großmund zu reden anhebt, "ist der Faust von den deutschen Bühnen überhaupt wegzudenken?"

Gutlach braucht nicht lange zu überlegen. "Nein! Der Faust wird an den großen Bühnen immer wieder gespielt werden. Dazu ist das Werk einfach zu gewaltig. Für jeden Schauspieler ist der Faust die Rolle seines Lebens!"

"Darf ich fragen, welche Note Sie in Deutsch haben?", unterbricht ihn Großmund und dreht sich zu Babsi, die rechts von ihm sitzt.

Er lächelt siegessicher. Babsi, die hübsche Brünette, ein Dummchen? Ich glaube, er hat sich verschätzt.

Babsi lächelt zurück. "15 Punkte!, Herr Großmund! Wollen Sie auch meinen Gesamtdurchschnitt wissen?"

Wir hatten in der Realschule keine Punkte, aber soweit ich weiß, ist 15 Punkte eine Einsplus.

Großmund geht darauf nicht ein. "'Die Botschaft hör ich wohl, allein mir fehlt der Glaube'"!, deklamiert er.

"Vielleicht sollten wir zum eigentlichen Thema zurückkehren!", schlägt Jan neben mir vor. Will er Babsi retten?

"Ich glaube, Herr Großmund", sagt Babsi, "sie haben mich missverstanden. Natürlich kann man den Faust verstehen, wenn man ihn oft genug liest und jeden Satz auseinandernimmt. Aber was habe ich von all dem gelernt?" Babsi hält seinem Blick stand. "Nichts! Ich weiß, was ein Alexanderiner ist. Na schön? Aber das kann ich auch googeln."

"Waren Sie schon einmal bei dm?", fragt die Wisskat. Die Kotzbühl schaut irritiert zu uns hinüber.

Babsi zuckt mit den Schultern. "Natürlich!"

"Mit welchem Spruch wirbt denn dm?"

"Der Drogeriemarkt?"

Die Wisskat nickt. Auf was will sie denn jetzt hinaus?

Babsi überlegt kurz. "Warten Sie. 'Hier bin ich Mensch, hier kauf ich ein'"

"Das ist Goethe!", erklärt die Wisskat. "Das ist

Faust, etwas abgewandelt, aber trotzdem. Nun, bei Goethe heißt es: 'Hier bin ich Mensch, hier darf ich sein'."

"Unser Alltag ist voll von Goethe-Zitaten", sagt Gutlach, "'Es irrt der Mensch, solang er strebt', beispielsweise…"

Großmund bringt sich in Stellung. "Du gleichst dem Geist, den du begreifst!", lacht er und blickt in Babsis Richtung. Will er jetzt mit Goethe-Zitaten beleidigen?

"Vielleicht sollten wir zum eigentlichen Thema zurückkehren?", fordert die Kotzbühl. "Herr Vielrieder!" Sie blickt ihn kokett an. "Wie oft haben Sie den Faust gelesen?"

Jan lacht. "Ich habe es nicht gezählt, ehrlich gesagt, aber wenn es um Zitate geht, ist mir Herr Gutlach sicherlich voraus."

Gutlach lächelt gütig.

Ich krame meinen Faust aus der Tasche und suche nach Zitaten.

"Faust!", fährt Jan fort, "ist der Prototyp des modernen, zerrissenen Menschen. Er ist eine Gestalt, wie sie die Literatur vorher nicht gekannt hat, in dem Streben nach Wissen, 'was die Welt im Innersten zusammenhält', seine Unbedingtheit, sein Fast-Suizid. Aber ihn rettet der Glaube in der Osternacht, sein kindliches Gefühl." Er hält inne. "Es ist nicht von ungefähr, dass es viele Zitate bis zum Sprichwort gebracht haben, übrigens auch heute noch. Aber auch ich stelle fest, dass der Faust die jüngere Generation nicht mehr anspricht!"

Irgendwie scheinen sich alle gegen mich und Babsi verbunden zu haben.

"Wenn Sie den Faust so in den Himmel heben!", setze ich an und sehe schon den höhnischen Blick von Großmund, "warum nehmen Sie den Faust eigentlich so wenig ernst?"

Ich habe mir eine Stelle herausgesucht, die ich mir mit Lilly unterstrichen habe. "'Gefühl ist alles. Name ist Schall und Rauch'. Warum sollen wir in einen Literaturkanon hineingezwängt werden, wenn die Werke unser Gefühl überhaupt nicht mehr ansprechen?"

"'Die Damen geben sich und ihren Putz zum besten. Und spielen ohne Gage mit!'", wirft mir Großmund entgegen und macht eine ausladende Geste. Er erntet dafür einen bösen Blick von Gutlach. Danke, Gutlach!

Großmund will mich nur beleidigen!

"'Bei euch, ihr Herren, kann man das Wesen, gewöhnlich aus dem Namen lesen!'", knurrt die Wisskat.

Ich fahre herum und lächle sie an.

"'Allwissend bin ich nicht. Doch viel ist mir bewusst'", kontert Großmund.

Eine Schlacht mit Faust-Zitaten. Na toll!

"Sie keifen doch schon die ganze Tage herum!",

fahre ich Großmund an. "Soll der Kanon eigentlich eine Liste von No-go-Titeln sein, damit Schüler wissen, was man am besten erst gar nicht zu lesen anfängt? Dann könnte man 'Gold und Kaviar' gleich mit auf die Liste setzen."

"Diesen Ton verbitte ich mir!", schreit Großmund und blickt zur Kotzbühl.

"Sie hat ja Recht!", setzt die Wisskat an. "Auch 'Gold und Kaviar', so sehr ich das Werk liebe, einer Abiturientin würde ich es auch nicht in die Hände drücken. Und ich denke, Sie haben es auch nicht für ein so junges Publikum vorgesehen." Sie wendet sich mir zu. "Madelaine, Sie werden mir gewiss Recht geben, wenn ich sage, dass es doch viele Faust-Zitate gibt, die auch Sie unterschreiben würden, denken wir nur an, sagen wir, 'Grau treuer Freund ist alle Theorie und grün des Lebens goldner Baum'. Das entspricht doch auch Ihrer Vorstellung, oder nicht?" Sie blickt zur Kotzbühl. "Die Jugend will leben, der Frühling möchte Blüten treiben, um schließlich auch uns zu erfreuen. Wir sollten das Anliegen der Jugend nicht einfach beiseite kehren."

Sie legt ihre Hand auf meinen Arm und blickt mich an. "Aber der Faust gibt doch auch Ihnen genügend Anlass zur Diskussion, nehmen Sie nur die Zitate, die wir uns so kindisch gerade an den Kopf geworfen haben." Sie lächelt. "Ich nehme mich dabei gar nicht aus. Faust ist eine Fundgrube für Diskussionen, auch in der Schule, abgesehen mal - da gebe ich Ihnen Recht - von der Midlife-Crisis eines Faust. Die ist für die Jugend wirklich schwer nachzuvollziehen."

Die Wisskat neigt sich zu mir rüber. "Sie haben ja Gänsehaut!", flüstert sie.

Ich zucke mit den Schultern. In meinen Augenwinkeln sehe ich, dass Jan aufgestanden ist, sein Jackett auszieht. Dann legt er es mir behutsam über die Schultern. Seine Fingerknöchel streifen meine Haut. Mein Körper!, fluche ich innerlich. Muss der auch seine eigene Meinung haben?

Ich blicke zu Jan auf. Aber mir ist tatsächlich kalt.

"Und Sie?", protestiere ich.

Er schüttelt den Kopf. "Ich habe ja noch die Weste an." Die Wisskat nickt ihm befriedigt zu. "Ein echter Gentlemen!", flüstert sie.

Wenn du wüsstest?!

"Fräulein Saatgud!" Die Kotzbühl hat sich aufgerafft! Es geht weiter! "Sie haben vorhin gesagt, Sie haben aus all dem nichts gelernt! Wie dürfen wir das verstehen?"

"Na ja, wir lesen in der Schule irgendwelche alten Bücher, die keinen interessieren. Ich kann mich da mit gar nichts identifizieren. Wenn ich lese, muss es mich wenigstens mitreißen. Wenn mich ein Buch nicht auf den ersten Seiten fesselt, schaue ich mir lieber eine Netflix-Serie an. Da kann man obendrein noch entspannen. Ehrlich gesagt, habe ich mir manche Schullektüre als Hörbuch nebenbei reingezogen, um wenigstens halbwegs mitreden zu können. Viele Jungs aus unserem Kurs lesen die Wikipedia-Zusammenfassung." Sie grinst!

"Madelaine hat es ja schon auf den Punkt gebracht. In der Schule wird Unterricht nach einem, keine Ahnung, gedachten Literatur-Kanon gemacht. Am Ende hat keiner mehr Lust, ein Buch in die Hand zu nehmen. Wenn die Schule auch nur halbwegs eine Konkurrenz zu Netflix oder Prime und wie die Streamingdienste alle heißen, sein soll, dann müssen wir Bücher lesen, die uns wirklich interessieren, z.B. 'Tote Mädchen lügen nicht", oder 'Nerve' oder 'The circle' und nicht 'Das Leben des Galilei' oder 'Der Verschollene'."

"Sie meinen Bertolt Brecht 'Das Leben des Galilei' und 'Der Verschollene' von Kafka!", erklärt die Kotzbühl, damit die Zuschauer zu Hause wissen, um was es geht. Babsi nickt.

"Wir werden zu einem kultur- und traditionslosen Staat. Auf Wiedersehen Deutschland!", mischt sich Großmund ein. "Das ist die Fratze der Moderne. Alles wird wertlos, alles ist gleich."

"'Wenn du ein Schiff bauen willst, so trommle nicht Menschen zusammen, um Holz zu beschaffen, Werkzeuge vorzubereiten, Aufgaben zu vergeben und die Arbeit einzuteilen, sondern lehre die Menschen die Sehnsucht nach dem weiten, endlosen Meer'", sagt Gutlach. "Ich denke, dieser Satz von Antoine de Saint-Exupéry", fährt er fort, "er gilt nicht nur für das Schiffebauen. Er gilt für die Kirche genauso wie für die Literatur. Wenn es uns nicht gelingt, die Sehnsucht nach den Worten zu lehren, die genauso weit und endlos sein können wie das Meer, dann scheitern wir an der jungen Generation."

Babsi applaudiert. Ich stimme mit ein.

"Gut gesagt!", bestätigt die Wisskat.

"Nun, Herr Großmund!", fragt die Kotzbühl. "Wie bringen wir der jungen Generation die Freude am Lesen bei?"

Großmund blickt sie gelassen an. "Ich bin dafür sicherlich nicht der richtige Ansprechpartner. Wenn ich mir die junge Generation anschaue, dann wird Goethe, dann wird ein Schiller nicht mehr lange in den Köpfen sein. Armes Deutschland!"

Ich schüttle den Kopf. "Was nützt es, wenn man einen großen Kopf hat", sage ich und blicke demonstrativ an Großmund vorbei zur Kotzbühl. "Was nutzt ein großer Kopf voller noch so gescheiter Gedanken, wenn man letztlich verbittert ist."

"Wenn Sie damit mich meinen", fährt Großmund aus dem Stuhl. "Dann haben Sie sich

93

aber gewaltig geirrt. Ich kann auf ein erfülltes Leben zurückblicken!"

"Auf einen gefüllten Kopf vielleicht…"

"Auf diese niveaulosen Bemerkungen lasse ich mich erst gar nicht ein", poltert Großmund. "Ich sage nur, 'Was glänzt ist für den Augenblick geboren'", er deutet auf mich, "'das Echte bleibt der Nachwelt unverloren.'" Er tippt sich an den Kopf!

"Fragen wir doch einmal das Publikum!", hebt die Kotzbühl an. "Wer soll entscheiden, welche Bücher im Literatur-Kanon aufgenommen werden. Die Jugend oder das Alter?"

Ich bin gespannt. Großmund verzieht das Gesicht. "Da wird der Bock zum Gärtner gemacht!"

Auf der Leinwand erscheint kurze Zeit später das Ergebnis. Selbst ich bin verwundert. 72 zu 28 Prozent für die Jugend.

Die Wisskat findet als Erste wieder zu sich. "Vermutlich verfolgen auch eine Reihe junger Leute unsere Sendung. Das ist erfreulich!"

Sie nimmt es gelassen hin. Sie glaubt auch nicht, dass die Schullektüren dazu geeignet sind, den Büchermarkt anzukurbeln.

"Gute Nacht Deutschland, gute Nacht Humanismus!", brüllt Großmund. Er schüttelt heftig den Kopf, dann zieht er sich sein Jackett mit einem Ruck zu.

Jetzt wird dir kalt, denke ich.

Babsi lächelt mich an. "Wir müssen Goethe ja nicht aus dem Kanon streichen", schlägt sie kompromissbereit vor, "wenn wir erreichen, dass sich die Schullektüren ändern, dann hat sich mein Auftritt hier gelohnt!"

"Professor Vielrieder!", sagt die Kotzbühl. "Die Zeit drängt. Würden Sie uns ein kurzes Schlusswort sagen?"

Jan neben mir, rückt sich auf dem Stuhl zurecht. Ich will ihm seine Jacke reichen, aber er lehnt ab. Mir ist mittlerweile warm genug.

"Wir schreiben, um uns mitzuteilen, sei es ein Gefühl, z.B. in einem Gedicht, sei es ein Gedanke in einem Brief. Die Literatur bereichert das Leben und das Leben die Literatur. Wir sollten das eine nicht gegen das andere ausspielen. 'Alles wirkliche Leben ist Begegnung', um es mit Martin Buber zu sagen. Wenn Literatur uns zu Begegnung verhilft, dann ist sie geeignet zum wirklichen Leben beizutragen!"

Ausnahmsweise nickt auch Großmund.

Ja, das hat er schön gesagt! Die Kotzbühl strahlt ihn an.

Ihr hattet ja schon eure Begegnung, denke ich missmutig. 'Jan,Jan,Jaaaaan' hat vielleicht auch dazu beigetragen. Aber ist das schon Literatur? Ich muss grinsen.

"Lassen Sie uns abstimmen!", tönt die Kotzbühl

und das Ergebnis ist nicht verwunderlich. Selbst ich stimme für Goethe, was Großmund selbstherrlich zur Kenntnis nimmt. Er lächelt mir gönnerhaft zu.

Nun ja, diskutieren kann man ja wirklich gut über den Faust.

Aber erst als sich 94 Prozent des Publikums für die Aufnahme des Faust in den Literaturkanon aussprechen, ist die Welt für Großmund wieder in Ordnung. Er grinst mich an, als hätte man gegen mich gestimmt. Quatsch!

Dann der Trommelwirbel. Alle sind gespannt. Unser Ranking!

Als die Endergebnisse auf der Leinwand erscheinen, bin ich gelinde gesagt schockiert. Großmund erhält 15 Punkte, Gutlach nur 9. Warum das? Aber das Schockierende bin ich selbst: 35 Punkte. Ich blicke entgeistert auf die Leinwand. Haben die sich verrechnet? Babsi kommt auf 17, Jan auf 23 und die Wisskat auf 10. Im Endeffekt führt Jan immer noch weit abgeschlagen mit 78 Punkten, aber ich bin auf Platz 2 mit 57 Punkten, dicht gefolgt von Großmund mit 53 und Babsi mit 52. Gutlach hat nur 40, die Wisskat ist das Schlusslicht mit nur 29.

Ich blicke Großmund an und diesmal kann ich mir ein Lächeln nicht verkneifen. Er schüttelt nur den Kopf, murmelt etwas vor sich hin. Seine Abscheu gegenüber der Publikumswertung ist unübersehbar.

Um uns herum fangen die Gespräche an. Manche der Besucher verlassen den Dom.

"Geschafft!", verkündet die Kotzbühl, da wir nicht mehr auf Sendung sind.

Ich reiche Jan sein Jackett. Endlich raus, endlich in die Wärme.

"Mein schönes Fräulein, darf ich wagen, meinen Arm und Geleit ihr anzutragen!", sagt Jan. Er ist immer noch bei Faust, denke ich.

Die Wisskat zieht die Augenbrauen hoch. "Machen Sie ihr kein Kind!, Professor!", sagt sie trocken.

Bei der Wisskat weiß man nicht, ob sie scherzt oder das wirklich ernst meint.

Jan reagiert seltsam zurückhaltend auf ihre Bemerkung. "Ich möchte Fräulein Leserat nur zum Abendessen einladen!"

Ich blicke zur Wisskat.

"'Oh, glücklich, wer noch hoffen kann, aus diesem Meer des Irrtums aufzutauchen'", sagt sie, ohne auch nur die Mundwinkel zu verziehen.

Wahrscheinlich hat sie Recht. Jan will mich im Bett haben, aber da hat er sich sowas von geschnitten!

Jan lächelt. "'Nur rastlos betätigt sich der Mann'."

Die Wisskat legt einen konzentrierten Augenaufschlag hin. Noch ein Faust-Battle, denke ich.

"Wenn Ihr's nicht fühlt, Ihr werdet's nicht erjagen!", sagt sie und macht eine Augenbewegung zu mir.

"'Werd ich zum Augenblicke sagen. Verweile doch, du bist so schön!'", kontert Jan.

"Es war die Art zu allen Zeiten, Irrtum statt Wahrheit zu verbreiten!" Die Wisskat greift nach ihrer Tasche.

"Pass auf dich auf!", flüstert sie mir zu. Ein ernster Blick zu Jan, dann ist sie weg.

Jan lädt mich in eines der teuersten Restaurants von Köln, ins 'Himmel un Äd', was soviel wie 'Himmel und Erde' heißt, wie Jan mich meint aufklären zu müssen. Blutwurst mit Kartoffelbrei. Mir würde, ehrlich gesagt, der Himmel reichen.

Vom 'Himmel un Äd' kann man auf den Rhein schauen. Es ist eine wunderschöne Stimmung. Das Abendrot ragt steil in den Himmel. Jan und ich sitzen uns gegenüber an einem Fensterplatz. Ich habe mir eine Pizza bestellt, Jan 'Himmel un Äd'.

"Es tut mir leid!", sagt er, nachdem wir mindestens 5 Minuten still dem Sonnenuntergang zugeschaut haben.

"Mir nicht!", sage ich.

"Ich meine!", holt Jan aus und blickt mich kurz an. Dann stochert er in seinem Kartoffelbrei herum. "Ich konnte die Finger nicht von ihr lassen, von Susen."

"Das habe ich auch gehört!", sage ich spitz. Sein erster Versöhnungsversuch ist schon mal gescheitert. Geschieht ihm recht!

"Madelaine", setzt er erneut an. "Bei dir ist das anders. Du verunsicherst mich, aber gerade das ist so faszinierend."

Ich hebe meine Augenbrauen.

"Du lässt dich nicht so leicht überreden!"

"Oh, jetzt hat es dich aber beim Jagdfieber gepackt!" *Bin ich zu gehässig?*

"Gott!", sagt er leicht genervt. "Ich kann es dir aber auch nicht recht machen!"

"Musst du das?", frage ich und steche meine Gabel in meine Pizza.

"Ja, muss ich!", knurrt Jan. "Ich möchte mit dir zusammen sein!"

"Schön!", sage ich kokett. "An welcher Stelle in der Liste stehe ich denn?"

"Du bist auf keiner Liste!"

"Das ist ja noch schlimmer. Das macht dich ja unberechenbar!"

Ich bin immer noch wütend. Ich weiß, ich tue ihm vielleicht Unrecht, aber ein bisschen leiden muss er schon. Ich habe nämlich schwer vor, nie auf einer Liste zu landen.

"Gibst du mir noch eine Chance?"

Dein Dackelblick hilft dir nicht, denke ich. Beziehung ist kein Minigolfspiel. Wer zuerst alle

Löcher getroffen hat, gewinnt.

"Warum nicht!", sage ich und Jan strahlt. "Ich meine, sobald du dein Trauerjahr hinter dir hast... Schließlich musst du ja erstmal deine gescheiterte Beziehung mit Susen verarbeiten!"

Jan lässt die Gabel sinken. "Das meinst du nicht im Ernst!"

"Doch!", sage ich. "Sehr ernst sogar. Wenn du kein Jahr auf mich warten kannst, vergiss es. Dann arbeite halt deine Liste ab."

Jan ist schockiert, fast schon bleich, trotz der Blutwurst. Ich meine es aber wirklich ernst. Wenn er die Kotzbühl so schnell stehen lassen kann, dann zieht er sicherlich einen Tross von gebrochenen Herzen hinter sich her.

Ich esse weiter. Jan blickt ab und zu über den Tisch zu mir. Er hat keinen Gesprächsbedarf mehr.

"Lass uns gehen!", sagt er schließlich. "Ich habe meinen Eltern versprochen, anzurufen!"

"Wow!" Ein gestandener Mann, der seine Eltern anruft. "Wie alt sind denn deine Eltern?", frage ich spontan.

"Mein Vater wird 61, meine Mutter 59." Sein Blick geht kurz zu mir beziehungsweise meinem Ausschnitt. "Ich weiß", setzt er fort, "sie haben früh geheiratet."

Jan kann höchstens 40 sein!, denke ich schockiert.

Dann frage ich geradeheraus: "Wie alt bist du?"

Er lacht. "Wegen meiner grauen Haare? Da

verschätzen sich viele. Nein, ich bin 36. Dass ich schon Professor bin, war mehr Glück als Verstand."

Wahnsinn, wie schnell sich diese Information in meinem Körper verbreitet. Plötzlich sitzt da jemand anderes vor mir, viel attraktiver. Er ist nicht mehr der Steppenwolf, der Faust, der seine oder besser gesagt meine Jugend sucht. Plötzlich ist es jemand auf Augenhöhe. Ich grinse.

"Was grinst du so?", fragt er belustigt.

"Nichts!", sage ich. "Ich habe dich einfach für älter gehalten!"

Jan blickt mich einen Moment starr an, als wollte er hinter meine Bemerkung schauen. Dann fängt er sich.

Er zahlt und wir verlassen das 'Himmel un Äd'.

Wir nehmen ein Taxi. An meinem Zimmer angekommen, bleibt er in der Tür stehen.

"Gute Nacht!", sage ich und gebe ihm einen Kuss auf die Wange.

Jan hält mich am Arm zurück.

Wie heißt es so schön: Ein Blick sagt mehr als tausend Worte! Nein, Jan, heute schläfst du mit keiner Frau, jedenfalls nicht, wenn du dein Trauerjahr hinter dich bringen willst.

Er zieht mich zu sich heran. Ich lasse meinen Körper sprechen. Und, oh Gott. Der möchte gleich ein ganzes Buch schreiben. Ich muss mich zusammenreißen.

Jan will mich durch die Tür schieben.

Ich halte mich am Türrahmen fest. "Nein!"

Jan nimmt einen zweiten Anlauf, bedeckt meinen Hals mit Küssen und versucht meine Hand loszumachen. Mein Körper ist schon überredet, aber nicht mein Herz. Klingt pathetisch, aber so ist es.

"JAN!", sage ich ernst. "E-s r-e-i-c-h-t!"

Er ist nicht zu bremsen. Ich mache mich brüsk los und knalle ihm die Tür an den Kopf oder besser an die Hand, mit der er sich am Türrahmen festhalten wollte.

Jan schreit auf! Er macht einen Schritt zurück und hält sich die Hand.

"Oh, nein!", rufe ich. "Nicht schon wieder!"

Irgendwie scheint bei Jan das Sprichwort 'Wer nicht hören will, muss fühlen' zuzutreffen. Aber er tut mir leid. Erst die Stirn, dann sein Eigenversuch am Aufzug. Jetzt die linke Hand.

Er hat fast Tränen in den Augen. "Auf den Mittelhandknochen!", flucht er.

"Ich hole einen Arzt!"

"Lass!", flucht er laut. Dann wendet er sich zum Aufzug. Seinen linken Arm stützt er mit der rechten Hand.

Ich habe ein schlechtes Gewissen.

Ich blicke ihm nach, aber er dreht sich nicht mehr um. Er ist bestimmt stinksauer! Ich brauche eine Weile, bis ich wieder zu mir gekommen bin. Jetzt bin ich wütend. Kann er nicht einfach einmal Schluss machen, wenn Schluss ist?

Ich rufe Lilly an.

"Endlich!", sagt Lilly. "Ich dachte schon, du meldest dich gar nicht mehr!"

"Jan hat mich eingeladen!"

"JAN!", sagt Lilly betont. "Seit ihr schon beim Du?"

Ich grinse. "Ja, aber ich habe ihm, glaub' ich, die Hand gebrochen!"

"Was?"

Ich erzähle Lilly kurz, was passiert ist. Sie kann sich vor Lachen kaum noch halten. "Erst der Kopf, jetzt die Hände. Sind morgen die Beine dran?"

Ich muss lachen. "Hör auf!, Lilly! Darüber scherzt man nicht!"

"Komm!", sagt Lilly empört. "Er ist doch selber schuld. Professor hin oder her. Wenn er so blöd ist… Außerdem hat er dich doch mit der Kotzbühl versetzt. Strafe muss sein!"

"LILLY!", sage ich empört.

"Du weißt es ja noch gar nicht!", platzt Lilly plötzlich heraus!

"WAS weiß ich nicht!"

"Du bist ein Star!"

"Hör auf!"

"Du hast keine Ahnung. Hast du mal auf dein Instagram-Profil geschaut?"

Ich schüttle den Kopf. Ich habe ja keine 3 Fotos

auf meinem Profil. Ich habe mich darum schon lange nicht mehr gekümmert.

"Weißt du, was unter deinem Foto mit eurer Katze steht?"

"Keine Ahnung!", sage ich. Das Foto mit Katze. Das habe ich letzten Sommer gemacht. Es zeigt mich im Bikini im Garten meiner Eltern. Meine Cousinen, alle viel viel jünger als ich, waren zu Besuch. Wir hatten ein kleines, aufblasbares Kinderschwimmbecken auf den Rasen gestellt und waren wie die Wilden herumgetollt. Auf dem Bild halte ich unsere Katze Mia auf dem Arm und lache in die Kamera. Wirklich nichts Besonderes.

"Gefällt 7.000.525 Mal."

"Waaas", schreie ich. "Das ist ja verrückt!"

Ich mache ein zweites Fenster auf meinem Handy auf und schaue auf mein Instagram-Profil. Ich bin geschockt.

"Mich hat es auch von den Socken gehauen!", sagt Lilly. "Du wirst gerade unglaublich gehypt, vermutlich weil du dem Professor eine gescheuert hast. Irgendwie geht das gerade viral. Schau mal auf Youtube. Da gibt es unzählige Videos mit ziemlich bissigen Kommentaren, meist gegen den Professor."

Ich klicke mich kurz durch Youtube. "Die wird schon ihren Grund gehabt haben!", "Ich wette, der wollte die flachlegen", sind noch die harmlosesten Kommentare.

Jetzt begreife ich auch, warum ich heute 35 Punkte im Ranking hatte. Die voten alle für mich, obwohl es 50 Cent kostet, wenn man für einen Kandidaten abstimmen will.

"Für die geht es nur um dich und Jan, sonst niemanden!", erklärt Lilly. "Ich habe natürlich auch für dich abgestimmt. Du bist mir einen Kaffee schuldig!"

"Echt jetzt, Lilly", sage ich betröppelt. "Ich weiß nicht, ob ich das gut finden soll!"

"Es ist, wie es ist, Madi!"

Es gibt zwei Worte, die unser Leben in zwei Hälften teilen. Bei manchen sogar die Seele.

Eure Rede sei, ja, ja oder nein, nein. Was darüber ist, ist vom Übel.

Das Jein führt ins Chaos!

Danke, Madelaine!

DER VERSCHOLLENE

Am nächsten Tag soll unser literarischer Abend in der Elbphilharmonie stattfinden. Hamburg! Ich reise, wie immer, alleine. Heute Morgen habe ich mit Babsi gefrühstückt. Aber sie wollte erst später Richtung Hamburg weiterfahren. Sie besucht noch eine Freundin, die im letzten Jahr wegen einem Jobwechsel ihres Vaters umziehen musste.

Die Elbphilharmonie steht auf einem aus Backsteinen bestehenden Sockel, darüber ein einziges Spiel aus Glas, als hätte Gott einen Tropfen Wasser auf den Backstein fallen lassen, aufgespritzt und stehen geblieben! Faszinierend. Es geht also doch, denke ich. Wir brauchen nicht immer nur die Vergangenheit konservieren.

Ich verbringe den Tag über am Kai, schaue den kleinen Wellen an der Elbe zu und trinke Cappuccino. Als Jan kommt, sehe ich ihn, aber er mich nicht. Seine linke Hand ist eingegipst, mein Gott!

Drinnen ist die Elbphilharmonie nicht weniger beeindruckend. Ich komme mir vor wie in einem griechischen Theater. Unsere Veranstaltung wird immer größer. Es macht mir Angst!

Ich sitze zwischen Großmund links und der Wisskat rechts, sozusagen im Altersheim, denke ich respektlos. Aber das liegt eher an Großmund, der sofort ein wenig von mir abgerückt ist, als ich mich neben die Wisskat gesetzt habe. Jan sitzt gegenüber, bei der Kotzbühl. Er wirkt zerknirscht. Ich vermeide den Blickkontakt.

Die Kotzbühl selbst hat mit mir heute noch kein Wort gewechselt. Vermutlich hat Jan sie über seine Verletzungen aufgeklärt. Aber was kann ich dafür?

Großmund mustert mich, offenbar hat er an meiner heutigen Aufmachung nichts auszusetzen. Ich habe ein blaues Kleid mit einem überkreuz laufenden Stoff, der hinten am Hals zusammenläuft. Meine Schultern sind zwar frei und zwischen den Brüsten ist eine kleine, spitz zulaufende Raute, die ein bisschen Haut zeigt. Aber das Kleid wirkt alles andere als frivol. Meine Haare trage ich offen und da sie mir sowieso bis über die Brust reichen, gibt es nicht viel Haut zu sehen.

Ich blicke zu Babsi. Sie hat wieder ihren Stammplatz auf 9 Uhr, Gutlach sitzt auf 3 Uhr. Wir haben noch etwas Zeit.

Die Wisskat legt plötzlich ihre Hand auf meine und beugt sich zu mir.

"Madelaine!", sie schaut mich interessiert an. "Waren Sie in Ihrem letzten Leben mit einem Pharao verheiratet?"

Was will sie jetzt? Ich schaue verwirrt. "Wieso?"

"Nun, das Äußere unseres lieben Professors bewegt sich in gerader Linie auf das einer Mumie zu. Und ich vermute, dass sie daran nicht geringen Anteil hatten."

Ich grinse. "Aber keine Schuld!"

"Da sind sie ganz das Gretchen!" Sie lacht. "Schön, dass sie den Spieß einmal umgedreht haben."

Ich grinse noch mehr. Wie die Grinsekatze von Alice im Wunderland. Reiß dich zusammen, Madelaine.

"Keine Sorge!", sagt die Wisskat. "Es kann nicht

enden wie bei Faust! Unser Professor ist weit davon entfernt, schwanger zu werden, und ich hoffe, sie auch!"

"Da kann ich Sie versichern!", sage ich und muss lachen. "Er hat mir auch noch keine Juwelen geschenkt!"

"Das braucht er nicht, meine Liebe!" Die Wisskat schaut mich konzentriert an. "Vergessen Sie nicht." Sie macht eine Pause, beugt sich noch mehr zu mir und flüstert: SIE sind das Juwel!"

Ich muss noch mehr grinsen. Die Wisskat wird mir immer sympathischer.

Als es beginnt und die Kotzbühl das Ranking erklärt, werde ich auf der Stelle wieder nüchtern. Ich denke an die Follower und die viral gegangenen Videos. Weiß Jan davon?

"Der Verschollene, ein Fragment", erklärt die Kotzbühl. "Ein circa 16-jähriger Junge, Karl Roßmann, wird, da er ein Dienstmädchen mehr oder weniger unfreiwillig geschwängert hat, von seinen Eltern nach Amerika verbannt. Dort trifft er seinen Onkel Jakob, der ihn zuerst protegiert, dann aber wie eine heiße Kartoffel fallen lässt. Er wird von zwei Landstreichern ausgenutzt, arbeitet im Hotel Occidental, wo er wegen einer Lappalie gekündigt wird, landet bei einer Prostituierten, deren Diener er wird, schließlich in einem Theater, wo er einen Hilfsjob annimmt. American Dream? Fehlanzeige! Sagt uns das heute noch was?, Frau

Wisskat."

"Nein!", sagt die Wisskat trocken. Großmund neben mir wackelt im Stuhl hin und her, aber er kann die Wisskat nur sehen, wenn er sich zu mir dreht. Das versucht er zu vermeiden.

"'Der Verschollene' gehört auch nicht zu den am meisten gelesenen Werken von Kafka. Dass es vielleicht ein eher unorganisches Fragment geblieben ist, fördert den Verkauf sicherlich auch nicht. Es gibt definitiv bessere Literatur zum American Dream, aktuellere, wie beispielsweise Black American Refugee von Tiffanie Drayton, auch wenn das noch nicht ins Deutsche übersetzt worden ist." Sie blickt kurz hinüber zu Großmund. "Aber ich weiß. Kafkas Perspektive auf Amerika ist literaturhistorisch interessant, die erste Beschreibung von politischen Demonstrationen oder die Verdinglichung des Menschen in den Klauen des Materialismus', alles lobenswert. Aber für den Kanon würde ich anderes von Kafka vorschlagen, z.B. 'Der Process'."

"Kafka war schon immer ein sperriger Autor", beginnt Gutlach. "Ganze Schülergenerationen haben ihn gehasst oder sind bei Prüfungen am ihm gescheitert. Berühmt berüchtigt: seine sperrigen Parabeln."

Babsi lacht. "Das können Sie laut sagen! Wenn 'Der Verschollene' in den Kanon kommt, dann hängen sie bitte die Liste nur im Altersheim aus."

Wir geben uns ein Give-me-five über Großmund hinweg, der eine Schrecksekunde braucht, um sich zu fangen. Das hatten wir abgesprochen. Dass wir uns nicht nochmal so zurückhalten.

"Diese Polemiken zeugen nur von der Unwissenheit und Dummdreistigkeit der heutigen Jugend", poltert Großmund los. "Kafkas Subtilität, sein fast schon elliptischer, nüchterner Stil und die existentielle Grundbeschaffenheit seiner Prosa." Er blickt zu Babsi. "Sie sind im Wohlstand, was sage ich, im Überfluss großgeworden. Ein Kafka holt sie von Wolke 7 wieder herunter. An Kafka können Sie testen, ob Sie mehr als 2 Synapsen ihr eigen nennen."

"Gunter!" Die Wisskat hat sich nach vorne gebeugt, um Großmund, links von mir, ansehen zu können. "Sie haben ja so Recht, ich meine, mit der existentiellen Grundbeschaffenheit von Kafkas Prosa! Aber wo soll denn die heutige Jugend mit ihrem Erfahrungshorizont anknüpfen. Außerdem ist Kafka wirklich ein Kampf mit Worten, wenn auch sehr subtil geführt."

"Und Sie, Herr Gutlach?", fragt die Kotzbühl. "Was sagt der Schauspieler? Kann Kafka das große Gefühl in Ihnen hervorrufen?"

Wenigstens geht es plötzlich mal um Gefühle, denke ich. Das ist ja ganz was Neues!

"Ehrlich gesagt, eher nicht!", Gutlach rückt sich auf dem Stuhl zurecht. Er sitzt Großmund genau gegenüber. "Karl Roßmann bleibt als Protagonist eher eine schwache, verletzliche und auch konfliktscheue Figur. Nichts, was für die Bühne taugen würde."

"Literaturgeschichtlich ist Kafka zu bedeutsam", sagt Jan und fixiert mich. Er versucht sachlich zu bleiben, aber ich merke, dass er die Augen nur schwer von mir abwenden kann. Mein blaues Kleid scheint ihm zu gefallen oder was darunter ist. Du wirst es nicht kriegen!, denke ich. Auch nicht heute! Ich schaue auf seine Hände. Zärtlichkeit mit Gips und Mullbinde? Nein!

"Wir sollten in einer unserer nächsten Runden dann eine kafkaeske Alternative - schöner Begriff!", Jan lacht, "wir sollten ein anderes Werk von Kafka auswählen. Ich denke, der Kanon von Marcel Reich-Ranicki führt nicht umsonst Kafkas "Der Process" als lesenswerte Lektüre an."

"Madelaine!", sagt die Kotzbühl und schaut mich ungewohnt feindlich an. "Scheinbar ist es Ihnen ja gelungen, den Kanon auf den Kopf zu stellen!"

"Was meinen Sie?", frage ich.

Eigentlich, denke ich, habe ich eher Jan auf den Kopf gestellt.

"Ist es das Gefühl, dass die Literatur ansprechen muss, um in den Kanon aufgenommen zu werden?", fragt die Kotzbühl.

Ich lache etwas unsicher. Soll ich jetzt die

Richtung vorgeben?

"Ich sage ja nicht, dass Literatur nicht zum Denken anregen soll." Ich halte Kotzbühls Blick stand. Vermutlich will sie mich fertig machen, Jan wegen. "Sie wollen wissen, ob ich etwas fühlen will, wenn ich lese? Ja, das will ich, definitiv! Bei Kafka fühle ich nichts. Ich weiß auch nicht, was mir 'Der Verschollene' bringen soll, außer ein paar langweilige Stunden, die ich lieber anders verbracht hätte, z.B. an der Elbe."

"Unter Wasser wären Sie definitiv eine größere Hilfe!", spottet Großmund. "Farblich passt Ihr Blau übrigens gut dazu. Sie fallen unter den Heringen nicht sonderlich auf."

"Herr Großmund!", sagt die Wisskat und ihr Blick wird plötzlich zu Stein. "Eine Frau zu beleidigen, weil Sie sie um ihre Schönheit beneiden, macht nicht den Gentleman aus. Wenn Sie die Emanzipation schon nicht mit ihren Flügeln gestreift hat, dann sollte wenigstens der Gentleman in Ihnen verhindern, dass Sie sich im Schlamm Ihrer Tiraden wie eine Sau räkeln."

Um uns herum beginnt der Saal zu grölen, manche Pfeifen. Die Wisskat lehnt sich in ihrem Stuhl zurück.

Großmunds Hals schwillt an. Seine Augen quellen hervor. "Diese Situation ist doch mehr als kafkaesk. Ich zweifle ja nicht an IHREM literarischen Urteil", er wackelt mit seinem

Wurstzeigefinger Richtung Wisskat, "aber dass wir uns hier mit Schülern und Laien…"

"Mit Leserinnen und Lesern!", unterbricht ihn die Wisskat kühl.

"Dass wir uns mit Zufallskandidatinnen auseinandersetzen sollen, ist doch eine Farce. Am Ende lesen alle nur noch Micky Maus und vielleicht noch Asterix, da kommen ja immerhin ein paar lateinische Ausdrücke vor." Großmund fuchtelt mit seinen Pranken in der Luft herum. "Ist das die Zukunft unserer Literatur? Der deutschen Literatur, die philosophische Schwergewichte wie Hegel, Kant und Feuerbach hervorgebracht hat. Hauptsache Gefühle. Ist das hier ein Kaffee-Kränzchen, wo Klatsch und Tratsch mehr gelten als ein Goethe oder Schiller?"

Jetzt dreht er sich zu mir. Ich neige meinen Kopf zur Seite und blicke ihn an. Ich bin gespannt.

"Und diese Person hier, die zwar ein paar tausend Klicks auf ihrem Instagram-Profil zu verzeichnen hat", aha, er hat sich informiert!, "aber sonst weder einen Überblick über die Literatur noch ein tieferes Verständnis davon besitzt… Man konnte ja gestern geradezu den Eindruck gewinnen, dass es nicht von den Argumenten abhängt, ob ein Werk in den Kanon gewählt wird…"

"Sondern?", unterbricht ihn die Wisskat.

"Der Maßstab für gute Literatur scheint wohl

eher die Anzahl der Quadratzentimeter zu sein, die nicht von Kleidung bedeckt sind. Ich wette, wenn Fräulein Leserat die Hüllen fallen lässt, kann sie im Alleingang den Kanon bestimmen."

Ich blicke zu Jan. Er wirkt aufgeschreckt, fast ängstlich.

"Sie sind obszön!", die Wisskat droht mit dem Zeigefinger. "Reißen Sie sich zusammen! Es ist ja gerade unser Ziel, auch den Laien für Literatur zu begeistern."

"Da habe ich aber meine Hoffnungen verloren, Kollegin!" Er wendet sich zur Kotzbühl. "Abyssus abyssum invocat!" poltert er. "Sie hätten bei Ihrer Kandidatinnen-Auswahl andere Kriterien anlegen müssen."

Die Kotzbühl schaut konsterniert. Sie hat die lateinischen Worte auch nicht verstanden.

"Cave canem!", sage ich und rolle meine Augen Richtung Großmund. Ich kann zwar kein Latein, aber den Spruch habe ich schonmal in Italien an einem Tor gesehen, ein Hundebild darunter. Da konnte selbst ich mir denken, was es heißt!

"Fatui!", schreit Großmund.

Ich lehne mich zurück. Ich weiß eh nicht mehr, was er sagt. Jan wirkt aufgeschreckt. Ich und Babsi blicken uns fragend an.

Großmund fasst sich plötzlich an die Brust und fummelt hektisch in seiner Jacketttasche herum. "Damnati!"

In dem Moment steht auch die Wisskat auf. "Kommen Sie!", sagt sie zu Großmund. "Ich habe noch etwas in meinem Mantel an der Garderobe!" Sie nimmt ihn beim Arm. Großmund wirkt zerbrechlich.

Die Wisskat nickt kurz zur Kotzbühl. "Entschuldigen Sie uns!" Dann geleitet sie Großmund nach draußen.

"Was hat er denn gesagt!", sage ich völlig entgeistert.

Die Kotzbühl schaut hilflos zu Jan. Auch sie kann nicht so viel Latein, dass sie Großmunds Beleidigung verstanden hat. Sie blickt den beiden erschrocken nach. Die Show läuft absolut nicht nach ihrem Geschmack. Auch ich finde die Situation mehr als bedrückend.

"Können Sie uns aufklären!", sagt sie schließlich zu Jan.

Nun ja, 'Fatui' ist Lateinisch und bedeutet 'Narren'. Das würde ich ihm noch als Meinungsfreiheit durchgehen lassen, auch wenn ich hier niemanden unter uns als Narren bezeichnen würde.

Das würde ich dir auch nicht raten, denke ich.

"Nein!", ruft die Kotzbühl. Sie kämpft mit sich selbst. "So kenne ich ihn überhaupt nicht. Ich verstehe nicht, was ihn die ganze Zeit schon so echauffiert."

Auch die Leute um uns herum sind in Gespräche

vertieft. Die Kotzbühl lässt kurzerhand 5 Minuten Werbung laufen. Kurz bevor die Werbung zu Ende ist, kommt die Wisskat mit Großmund im Schlepptau wieder zurück. Großmund wirkt etwas betröppelt. Entschuldigen tut er sich nicht.

Na gut, denke ich. Mit dem Schimpfwort 'Narr' kann ich leben, schließlich habe ich ihn einen Hund genannt.

Er nickt mir kurz zu. Soll das seine Entschuldigung sein? Dann lässt er sich auf seinen Stuhl fallen. Es sieht nicht so aus, als wollte er heute Abend noch etwas zur Diskussion beitragen. Er schaut verwirrt aus. Ich vermute, dass er Probleme mit seinem Blutdruck hat. Aber warum ist ihm bloß so die Sicherung durchgebrannt?

"Gefühl oder Gedanke, was ist in der Literatur wichtiger?", hebt die Kotzbühl an. "Wir haben das Publikum befragt!" Auch sie hat ihre Leichtigkeit verloren. Bin ich daran schuld?, frage ich mich.

Auf der Leinwand, die am Ende des Saales aufgebaut worden ist, steht es nach kurzer Zeit 64 zu 36 für das Gefühl. Es juckt mich nicht, irgendwie macht mich dieses ganze Gezanke krank, und verwundern tut es mich auch nicht. Die meisten lesen doch, weil es ihnen Spaß macht, jedenfalls das, was sie freiwillig lesen.

Die Kotzbühl fragt herum, aber niemand von uns hat richtig Lust, die Umfrage zu kommentieren. Selbst Jan bleibt einsilbig.

Das Gespräch läuft zäh. Wir stimmen schließlich ab und 'Der Verschollene' kommt nicht in den Kanon. Nur Großmund hat dafür gestimmt. Mein Erfolg?

Auch das Publikum stimmt dagegen, 89 zu 11.

Kurze Zeit später kommt dann der Trommelwirbel, unser Ranking. Die Zahlen werden wieder auf eine Leinwand gespielt.

Mich wundert nichts mehr. Ich habe 42 Punkte, Jan 22, Großmund 18, und Gutlach und Wisskat 4. Babsi hat 10. Das Internet spielt verrückt. Jan hat gewonnen, er hat exakt 100 Punkte, ich 99, knapp daneben, denke ich. Großmund liegt abgeschlagen bei 71, Babsi bei 62. Gutlach mit 44 und die Wisskat mit nur 33 bilden die Schlusslichter.

Ich bin traurig. Die Zahlen machen es auch nicht besser. Wir können einfach nicht miteinander reden. Die Stimmung ist gedrückt. Warum bin ich der Kristallisationspunkt für diese Schlammschlacht geworden? An meinem Kleid kann es nicht liegen. Das sieht eher dezent aus. Warum also? Ich habe keine Antwort. War ich zu provokativ?

"Herr Professor Vielrieder!", beginnt die Kotzbühl. "Sie führen mit 100 Punkten. Das heißt, dass Sie nun, nach ersten Runde unserer Literatur-Debatte, ein Werk ihrer Wahl vorstellen dürfen. Haben Sie sich schon Gedanken gemacht? Sie sind ja nicht erst seit heute auf Platz eins unseres

Rankings.

Jan überlegt kurz. Er blickt zu mir. Ich schaue ihn an und schüttle unmerklich den Kopf. Das musst du schon selber aussuchen.

"Ich überlasse die Buchvorstellung Fräulein Leserat. Sie liegt schließlich mit 99 Punkten direkt hinter mir!"

Ich werde blass.

"Und der Tendenz nach zu urteilen, würde ich wetten, dass sie das Ranking anführt, sollten wir noch ein paar Werke besprechen. Außerdem ist es viel interessanter von einer begeisterten Leserin einen Vorschlag zu bekommen. Unter uns Professionellen würde es vermutlich keine Überraschungen geben." Jan nickt mir zu. "Sie dürfen wählen!"

Ich schlucke. Ich soll wählen? Ist der verrückt? Ich blicke die Kotzbühl an.

"Ein Kavalier!", sagt sie, aber ich merke ihr an, dass sie mit Jans Entscheidung nicht zufrieden ist. Jetzt hat er sich schon zum zweiten Mal für mich entschieden. Offenbar schlägt das der Kotzbühl auf die Nieren. Dabei habe ich ja wirklich mit ihrem One-night-stand mit Jan nichts zu tun. Soll sie sich jemand anderes zum Abreagieren suchen.

"Gut!", sage ich einsilbig. Das letzte Treffen findet erst in zwei Wochen statt, damit sich die anderen vorbereiten können. Bis übermorgen sollte ich etwas ausgewählt haben. Zeit, meine

Präsentation vorzubereiten, ist dann genug.

Am Abend fehlt Jan am Buffet. Ist er in seinem Zimmer geblieben? Ich schlendere an der Elbe entlang, alleine. Ich grübele über ein Werk für den Kanon nach.

Worte, Worte, Worte, aber das eine Wort in der Stille.

Mich hört ihr nicht.

Und doch. Das größte Wort erwächst aus der Stille.

Mach dich bereit, Madelaine, denn ich möchte zu Dir!

SORGEN

Ich gehe zurück in unser Hotel. Wir fahren heute Abend noch nicht nach Hause. Wir sind im Grand Elysée untergebracht, nicht weit von der Außenalster entfernt. Das Grand Elysée ist ein großes, 6-stöckiges Gebäude, von außen weiß gefliest. Auffallend sind die roten Markisen, die nicht nur den Außenbereich des Restaurants überschatten, sondern auch vor unzähligen Zimmern die Sonne zurückhalten. Das Grand Elysée ist für mich das typische Hotel. Sein Drive-in, wo die Gäste mit ihren Porsche und Mercedes direkt am Eingang aussteigen können, die über dem Drive-in angebrachte internationale Fahnenreihe und das Halbrund über dem Hotelgebäude, das in leuchtend roten Buchstaben den Hotelnamen in die Welt posaunt.

Ich mache mir Sorgen um Jan. Was ist mit ihm los? Erst überlässt er mir die Auswahl des Werkes, dann macht er sich rar.

Kurzerhand gehe ich an die Rezeption. Er hat das Zimmer 317.

Ich nehme den Aufzug. Das Zimmer liegt am Ende des Flurs.

Vorsichtig klopfe ich an. Nichts. Vielleicht ist er nach draußen. Das Wetter ist schließlich herrlich. Ein Spaziergang an der Alster?

Ich klopfe ein zweites Mal, diesmal etwas lauter. Ist er wirklich nicht da?

"Herein!" höre ich leise.

Ich öffne behutsam die Tür. Im ersten Moment sehe ich ihn nicht. Das Zimmer ist riesig oder besser DIE Zimmer. Er hat eine Suite gebucht! Ich bin irgendwie schockiert. Das haben sie ihm sicherlich nicht bezahlt. Ein Monatsgehalt! Na gut, nicht für ihn.

Das Zimmer hat einen eigenen Eingangsbereich. Ich schaue direkt auf das Schlafzimmer mit Doppelbett, rechts! Statt der Tür kann man es mit einem riesigen Vorhang in Beige abschirmen. Links vom Eingang Toilette und Dusche, dann eine Art Wohnzimmer mit Sofaecke und

Essbereich. Jan sitzt auf einem Sessel an der riesigen Balkonfront. Er blickt nach draußen auf ein weißes Jugendstilgebäude gegenüber.

Ist er sauer? Er dreht sich nicht einmal um.

Ich gehe langsam zu ihm.

"Alles okay?", flüstere ich von der Seite.

Jan dreht sich ein wenig in meine Richtung. Ich zucke zusammen. Er sieht total verheult aus. Ist jemand gestorben?

Ich gehe vor ihm in die Hocke. "Was ist los?", flüstere ich.

Jan blickt wieder nach draußen. Eine Träne rollt seine Wange hinab. Was hat der Mann?

"Weißt du, wie das ist, wenn man viele Begegnungen hat…?" Er hält inne.

Was meint er? Sexuelle Begegnungen?

"Was meinst du?", frage ich leise.

"Du hast gesagt, ich soll meine Liste abarbeiten!" Er legt seinen Kopf in den Nacken und seufzt. "Das mache ich schon seit 10 Jahren. Hat es mir was gebracht? Sehe ich glücklich aus?"

Ich schweige. Im Moment nicht gerade, denke ich. Ein Strohfeuer hält halt nicht warm.

Ich setze mich auf die Sessellehne und nehme seine Gipshand. Ein bisschen schuldig fühle ich mich schon noch.

"Ich kann nicht 'nein' sagen!", sagt er mehr zu sich selbst.

"Die Frauen aber offenbar auch nicht!", gebe ich

vorsichtig zu bedenken.

Er lächelt bitter.

Vielleicht ist das tatsächlich ein Trauerjahr für ihn, wenn er in sich gehen muss, statt sich in anderen gehen zu lassen. Meine Wut auf die Kotzbühl ist immer noch da, denke ich. Madelaine, du bist grausam!

"Vielleicht solltest du öfter zu mir kommen!", sage ich und streiche ihm durchs Haar.

"Ein Jahr lang?", fragt er. Sein Gesicht entspannt ich ein wenig.

Ich nicke. "Ein Jahr!"

Plötzlich zieht er mich zu sich auf den Sessel, unbeholfen mit dem Gips und der verbundenen Hand. Er küsst mich auf den Mund. Ich drücke ihn sanft weg, nachdem mein Körper auch zwei Sätze gesagt hat. Noch muss es kein Roman werden.

"Interessiert dich außer Sexualität noch etwas anderes?", frage ich scherzhaft.

"Ja, DU!", sagt er und grinst. "Und Literatur, vielleicht!"

"Vielleicht?", frage ich erstaunt.

Er zuckt mit den Schultern. "Es ist nicht die Literatur, die mich begeistert, sondern die Lehre!"

"Die Studentinnen, meinst du!" Ich grinse.

Aber mal ehrlich! Fallen denn alle auf Jan herein? Ist der Professorentitel ein Fahrschein für die Matratze?

Er schüttelt den Kopf. "Nein, ich habe es auch in

längeren Beziehungen versucht, aber es hat nicht funktioniert!"

"Tja, mein lieber Don Giovanni!", scherze ich.

"Vielleicht hast du zu selten ein Trauerjahr eingelegt!"

Jan blickt zu Boden und schweigt. War ich zu direkt? Dann rafft er sich auf.

Das Stichwort 'Trauerjahr' ist wohl ein schärferes Schwert, als ich dachte.

"Lass uns spazieren gehen!", sagt Jan.

Ich nicke.

Wir gehen an die Alster. Noch ist es nicht dunkel. Das Abendrot glitzert über dem Wasser. Gebäude und ein paar kleine Wölkchen spiegeln sich auf der Oberfläche. Es ist Frieden eingekehrt, denke ich. Vielleicht auch Frieden zwischen Jan und mir.

Es ist traumhaft, fast unwirklich. Ich schwebe. Jan nimmt meine Hand mit seiner noch halbwegs intakten Rechten. Hand in Hand an der Alster!

"Manchmal denke ich, das Leben ist sinnlos!", beginnt Jan.

Ich verziehe das Gesicht. Er ist immer noch niedergeschlagen.

"Jetzt ja nicht mehr!", sage ich. "Das Leben hat jetzt ein Jahr einen Sinn."

"Immerhin!", sagt er und sein Blick hellt sich auf.

Wenn er auch scherzen kann, denke ich…

Plötzlich ertönen mehrere Schüsse. Ich zucke

zusammen. Wer schießt hier in der Gegend herum? Unvermittelt sinkt Jan in meine Arme. Dann spuckt er Blut.

"Neiiiiiin!", schreie ich und fange ihn auf. "Neiiiiiiiin!"

Leute rennen von einem nahe gelegenen Café auf uns zu. Ich bin betäubt. Ich nehme nichts mehr wahr. Alles um mich herum verschwimmt. Jemand führt mich weg. Andere stehen um Jan. "Ich bin Arzt!", höre ich jemanden sagen. Mein Schluchzen arbeitet sich stoßweise in Wellen durch meinen Körper. Warum? Warum?, hallt es in mir nach, endlos, untröstlich.

Dann Sirenen! Mehrere! Von allen Seiten! Die Sanitäter kümmern sich auch um mich. Man gibt mir ein Medikament und etwas zu trinken. Ich lasse es geschehen wie in Trance. Jan!

Für die tiefsten Schmerzen habe ich keine Gesellen.
Das ist bitter, Madelaine. Es tut mir leid.
Lass mich zu DIR. Ich kann helfen!
Madelaine!

BERLIN

Jan liegt im Koma! Die Sendung wird trotzdem ausgestrahlt. Ich würde am liebsten absagen, aber

Jan hätte das nicht gewollt. Es war ja sein Geschenk. Ich tue es für ihn, sage ich mir. Aber ich zweifle. Sollte ich nicht an seinem Bett sitzen, wie fast die ganzen zwei Wochen bis zu unserem Termin?

Wir sind im Adlon, in Berlin, DIE Adresse schlechthin, ein riesiger Klotz mit grünem Dach. Auf der Dachterrasse prangt in Gold auf jeder Seite des Geländers in riesigen Buchstaben der Name des Hotels. Dazu zwei Fahnen, eine für Deutschland, eine für Berlin.

Ich blicke über die Stadt. Ein endloses Meer an Geschäften und Häusern.

Von hier kann ich Jan nicht sehen, jedenfalls nicht mit den Augen. Er liegt im Universitätsklinikum in Freiburg. Als ich wieder zu mir gekommen war, dachte ich, es sei eine seiner Ex-Liebschaften, die auf ihn geschossen hatte. Irrtum. Es war ein Irrer, der eine Straße weiter auf ein fahrendes Auto schoss. Zufall, dass Jan in der Schusslinie stand. Eine Kugel hat ihn getroffen. Streifschuss am Herzen.

Die Übertragung findet in einem kleinen Saal statt, wie geschaffen für eine literarische Debatte. Die Wände aus Mahagoniholz, dunkelrot, auf zwei Seiten stehen riesige Bücherregale mit in Leder gebundenen Bänden, der ganze Brockhaus, der Meyers. Der Boden ein riesiger Teppich in beigen Wolkenmustern. Die Decke aus Stuck. Auch hier beige Wolken mit Engeln und anderen Gestalten, die mir nichts sagen. Selbst die Tischdecken sind beige und fallen über die runde Tischfläche fast bis zum Boden. Die Stühle, oder besser Sessel mit Armlehnen aus Holz, auch sie mit einem schlichten Bezug in Beige. Die Wandleuchten und die einzelnen Spots in der Decke bewirken eine feierliche, fast schon sakrale Atmosphäre. Ein Literaturtempel. Auf kleinen Ecktischen stehen rote Rosen, mindestens zwanzig pro Vase.

Sind die für mich, Jan? Mir wäre es lieber, ich hätte dich hier.

Es sind nur wenige Gäste zugelassen, der Raum ist klein. Nicht viele kommen in den Literatenhimmel, denke ich.

Jan, bleib auf der Erde, bitte!

Ich trage ein schwarzes Kleid. Es ist zwar schulterfrei und hat einen tiefen, aber eben schmalen Ausschnitt. Die Botschaft schreit zum Himmel oder zur Himmeldecke hier im Café. Ich will dich nicht verlieren! Nicht jetzt!

Großmund kommt durch die Flügeltür in den Saal. Er blickt mich kurz an, nickt. Ich nicke zurück. Nimm dich bloß in Acht, Großmund! Ein falsches Wort…!

Diesmal hat die Kotzbühl sich die Sitzordnung nicht aus der Hand nehmen lassen. Hat es sie schon in der zweiten Runde nicht mehr sonderlich interessiert, so ist sie jetzt umso emsiger damit beschäftigt, jeden auf den ihm zugedachten Platz zu bugsieren. Rechts neben ihr ist auf einer kleinen Staffelei das Bild von Jan zu sehen. Sie hätten ihn ersetzen können, aber sie haben es nicht getan, denke ich.

Danke, Kotzbühl.

Links von sich hat sie Großmund platziert, auch er ist dunkel gekleidet. Respekt gegenüber seinem Literaturkollegen und vielleicht sogar Kritiker?

Die Wisskat und Babsi sitzen an meiner Seite. Gutlach auf 9 Uhr. Bis auf Großmund, der mir nur zunickt, haben mich alle in den Arm genommen, selbst die Kotzbühl. Ich muss mich zusammenreißen, sonst fange ich gleich wieder an zu weinen. Und gerade heute kann ich es nicht gebrauchen. Ich soll mein Werk, meine Auswahl vorstellen. Aber ich weiß jetzt schon, dass Großmund es für eine Zumutung halten wird. Sei's drum. Ich habe angefangen, es Jan vorzulesen, auch wenn er mich vielleicht nicht hört. Er soll wissen, dass ich da bin!

Die Kotzbühl macht die übliche Vorstellungsrede und übergibt dann an mich.

"Frau Leserat! Sie dürfen übernehmen."

Ich räuspere mich. Die Kamera schwenkt zu mir, ich blicke auf Jans Bild, dann kurz zur Kotzbühl, die in professioneller Erwartungshaltung meinen Blick erwidert.

"Ich möchte mit einem Sprichwort beginnen, das

127

aus dem Zwergenreich Danladu stammt, von dem ich später noch mehr erzählen werde." Ich halte kurz inne. Jetzt darf ich mich nicht versprechen. "Dan sarva wo tanaa sasadeng-o", deklamiere ich. "Den Frieden, den du im Dienste er Gemeinschaft erlangst, ist der höchste!" Ich blicke in die Runde. "Dies ist das Motto, unter das ich meinen Vortrag und mein Anliegen stellen möchte. Im Dienste der Gemeinschaft!"

Ich hole nochmal Luft. Es wird noch etwas dauern!

"Wir haben uns oft die Frage gestellt, ob das Gefühl nicht die größere Lesemotivation ist als der Intellekt, dessen Rolle ich nicht schmälern möchte. Bildung ist wichtig! Die Fähigkeit zu reflektieren, zu argumentieren, sie gehört sicherlich in die Schule. Jede Demokratie lebt von der Debatte, von den klugen Gedanken!"

Ich halte kurz inne. Ich habe meinen Zettel vor mir liegen. Lilly und ich haben diese Rede zusammen ausgearbeitet. Das meiste habe ich auswendig gelernt, aber ich will es auch nicht so herunterrattern.

'Die Klaschnikov kannst du im Krieg einsetzen!' Ich erinnere mich an die Stäbe, meine Deutschlehrerin. *'Gott, mach mal eine Pause. Du willst die Leute nicht erschießen, sondern überzeugen!'*

Ich denke an Jan. Nein, ich erschieße niemanden. Ich seufze. Tränen! Haltet euch zurück.

Ich fahre fort. "Aber öfter vielleicht noch als die Gedanken, treiben uns die Gefühle zum Handeln und wie oft leiten sie uns fehl! Kriege werden geführt, im Großen wie im Kleinen, Rachefeldzüge! Die Verletzungen beginnen nicht erst im Schützengraben, sie beginnen hier, zwischen uns. Doch all zu selten steht jemand auf, um sich dazwischenzuwerfen, um zu versöhnen. Warum?"

Ich halte inne. Ja, so war es. Unsere Debatte war eine Schlammschlacht, schon zu Beginn, Verletzlichkeiten auf beiden Seiten, dann die Verletzungen, dann Krieg.

"Weil wir nicht können! Weil wir im Gefängnis unserer Gefühle sitzen. Und leider besitzen unsere Gedanken oft nicht den Schlüssel! Im Gegenteil. Sie heften weitere Schlösser an unsere Gefängnistür, schirmen uns ab, mauern uns ein. Kriege entstehen hinter Mauern, nicht davor!"

Ich blicke in die Runde. Selbst Großmund hört mir konzentriert zu.

"Aber wenn die Gefühle uns fehlleiten, wie sollen sie uns helfen? Wahrheiten sind immer einfach! Wir müssen uns einfühlen! Einfühlen kann man sich nur, wenn man stark ist, wenn man verzeiht, wenn man nicht selbst der Mittelpunkt der Welt ist!"

Großmund nickt. Die Wisskat legt ihre Hand auf meine.

"Hat Christus seinen Peinigern nicht verzeiht, selbst am Kreuz. Er hat es vorgemacht und die Großen sind ihm gefolgt, Martin Luther King, Nelson Mandela, Gandhi… Es ist die Stärke, die uns mitfühlend macht, weil nur die Starken keine Angst mehr haben, keine Angst herabgesetzt zu werden, keine Angst, Einfluss zu verlieren, vielleicht auch keine Angst vor dem Tod!"

Ich hole tief Luft. Jan, bleib hier!

"Wir brauchen Literatur, mit der wir uns identifizieren können, wir Jugendlichen. Wir brauchen starke Figuren, insbesondere Frauen. Warum? Weil Frauen den Krieg scheuen. Wer Leben in sich heranwachsen lässt, hat eine natürliche Abneigung gegen den Tod." Ich halte inne. "Und gegen die Gewalt, die Leben nimmt, die Leben zerstört, die Zukunft zerstört."

Mein Blick wandert kurz zur Decke, von wo die Engel auf uns hinunterschauen.

"Ist das alles nur Fantasie? Manchmal scheint es mir so. Fantasie wie in dem Titel, den ich unserer Runde heute vorschlage: Tim Unsch, von René Nafziger, Band 1, Das Vermächtnis von Aalgart, erschienen 2021."

Großmund verzieht leicht die Mundwinkel. Halt dich zurück, Großmund!

"Es geht dort um ein Land, ein Fantasie-Reich, das von Zwergen belebt ist, geschützt durch einen magischen Altar, dessen Zeichen schwächer werden, Zeichen, die das Reich vor den Menschen beschützen. Ein glückliches Reich, ein glücklicheres als unseres. Aber nun müssen die Zwerge ihr Land verlassen, da die Zeichen bei den Menschen erscheinen. Sie müssen diese Zeichen finden, um ihr Reich wieder schützen zu können. Und so brechen sie auf, Tanaa und Loonika und Deng, junge Danaren, wie sie sich nennen. Und gerade in diesen beiden, Tanaa und Loonika, sehe ich Identifikationsfiguren für uns, für mich. Tanaa und Loonika leben und lieben mit einer Unbedingtheit, die uns fremd geworden ist, weil der Überfluss uns sprichwörtlich überfließt, überdeckt, zudeckt. Und was sie auszeichnet, was ich in unserer Runde schmerzlich vermisst habe, ich nehme mich nicht aus, was sie auszeichnet, ist die Bereitschaft für die eigenen Werte einzustehen, kompromisslos, auch alleine, auch gegen mehrere, bedingungslos."

Ich blicke zu Großmund, der sich bedächtig das Kinn hält.

"Ich weiß, Fantasy-Literatur wird nicht gerne im Literaturkanon gesehen, aber diese, ja eigentlich 7-bändige Reihe, zeigt, was Bildung ist, was Bildung des Herzens meint. Lasst uns, lasst der Jugend wenigstens ein paar Titel im Kanon, mit denen wir etwas anfangen können. Und ich appelliere auch an alle dort draußen, die nur durch einen Anruf mitreden können, die nicht hier sitzen können. Ich sehe euch, weil ich zu euch gehöre!"

Ich halte erneut kurz inne und lasse meinen Blick über die Gäste schweifen. Dann fahre ich fort: "Und nun möchte ich mit einem Zauberspruch enden, der den meisten Zwergen geläufig ist und auch uns etwas sagen kann. "Okalal la na ban du, okalal van nonggarn sitì. Offenbart euch! Öffnet, was verschlossen ist!"

Ich atme aus. Ich habe es geschafft.

Die Gruppe applaudiert, das Publikum auch. Habe ich schon gewonnen. Niemals!

"Herzlichen Dank an Sie, Frau Leserat, für diesen wunderbaren, und nachdenklich machenden Einstieg. Tim Unsch, ein Werk für den Kanon?"

Sie wendet sich zu Babsi. "Frau Saatgud! Hat Ihnen Fräulein Leserat aus dem Herzen gesprochen."

Ich blicke zu Babsi. Lass mich nicht fallen!

"Grundsätzlich ja", beginnt Babsi, "auch wenn ich sonst eher Liebesromane lese. Aber ich kenne eine Reihe von Jungs, die sich Tim Unsch auch durchgelesen haben. Die waren begeistert!"

"Weibliche Identifikationsfiguren und trotzdem ein Werk für den männlichen Teil unserer Jugend?" Die Kotzbühl blickt fragend in die Runde.

"Tanaa und Loonika sind ja nicht die einzigen Identifikationsfiguren", sagt Babsi, "sondern Tim.

Der Roman hat ja nicht umsonst diesen Titel, ähnlich wie bei Harry Potter. Dort ist Hermine sicherlich auch eine gute Identifikationsfigur für Mädchen."

"Tim Unsch, also der deutsche Harry Potter!", spottet Großmund. "Von mir aus!"

Hat er plötzlich die Seiten gewechselt? Das würde mich wirklich überraschen.

"Letztlich ist es doch ein Fantasy-Titel mit einer", er blickt mich an, "verzeihen Sie, doch recht brachial dargebotenen Botschaft. Kämpfe gibt es zuhauf. Der klassische, schablonenartig entworfene Bösewicht und der Held, vielleicht etwas moderner auf Grund seiner Verunsicherung. Aber für den Literaturkanon? Dafür hat das Werk nicht die geforderte geistige Größe!"

"Aber die emotionale!", sage ich.

"Interessant ist jedenfalls der Entwurf von mehreren Sprachen!", schaltet sich die Wisskat ein. "Das Danaran, wie es im Buch gesprochen wird", sie macht eine Geste zu mir, "Madelaine hat uns ja eine Kostprobe davon gegeben, das Danaran könnte im Unterricht gut analysiert werden. Grammatik am Beispiel einer Zwergensprache. Das erinnert mich an die Bemühungen von Tolkien, der ja auch eine eigene Elbensprache entwickelt hat. Letztlich aber besteht das Werk schließlich aus 7 Bänden und wie ich bemerken möchte, muss man alle gelesen haben, um die

Botschaft zu verstehen!"

Ich blicke zur Seite. Die Wisskat hat tatsächlich alle 7 Bände gelesen? Und das, obwohl es sich um Fantasy-Literatur handelt. Macht sie das mir zuliebe?

"Wir bleiben sicherlich wieder bei der grundsätzlichen Frage hängen. Ist hohe Literatur eine hoch intellektuelle oder eine hoch emotionale Literatur", meint Gutlach. "Am besten vielleicht beides."

"Büchner, Kafka, Mann", sagt die Wisskat. "Oder denken wir an Heinrich von Kleist oder auch Hesse. Literatur ist immer auch Ausdruck einer in die Mühlen der Zeit geratenen Persönlichkeit. Ein suizidgefährdeter Hesse, der sich vielleicht gerade durch sein biographisches Schreiben vor dem Allerletzten bewahrt hat, ein Selbstmörder wie Heinrich von Kleist, ein Thomas Mann mit seiner versteckten Homoerotik. Und, ich möchte zu bedenken geben. Es erfordert einen ganzen Menschen, um sich bis zu den Mühlen unserer Zeit vorzuarbeiten. Wenn wir den Begriff 'Trivialliteratur' ernst nehmen, dann bedeutet er doch, eine Literatur, die trivial, also einfach, leicht zugänglich ist. Damit ist, zumindest bisher, eine Literatur gemeint, die leicht verständlich, also intellektuell leicht begreifbar ist. Wie leicht eine Literatur mit dem Gefühl zu begreifen ist, damit haben sich die Kritiker bisher nicht so auseinandergesetzt. Vielleicht wäre das zu überdenken. Wir haben viel gedacht. Wir haben komplex gedacht. Wir haben tief nachgedacht. Frau Leserat hat Recht, wenn sie uns fragt: Habt ihr auch viel gefühlt? Habt ihr auch komplex gefühlt? Habt ihr auch tief nachgefühlt?"

Ich blicke die Wisskat entgeistert an. Diese Frau ist eine Offenbarung. Sie bringt die Dinge so genial auf den Punkt.

Die Diskussion danach gestaltet sich schwierig. Über Gefühle lässt sich schwer streiten oder wir sind es nicht gewohnt, über Gefühle zu streiten, wenn es überhaupt Sinn macht, über Gefühle zu streiten. Schließlich geht es ja gerade um Empathie. Kann man Empathie erstreiten?

Als wir über den Kanon abstimmen, recken Babsi und ich den Finger. Ich blicke erstaunt in die Runde. Weder die Wisskat noch Gutlach stimmen für Tim Unsch. Dann haben wir verloren!

"Nun!", hebt die Kotzbühl an. "Es sieht schlecht aus für Tim Unsch!" Sie blickt die übrigen Mitstreiter an. "Gegen Tim Unsch?", fragt sie.

"Ich enthalte mich!", sagt die Wisskat. Wir sind sowieso nicht paritätisch besetzt. Es wäre unfair die Jugend so gegen das Alter auszuspielen.

"Ich kenne nur Band 1", sagt Gutlach. "Ich kann schwerlich mein Gewicht in die Waagschale werfen. Enthaltung!"

"Enthaltung!", sagt Großmund.

Mir fällt die Kinnlade herunter.

"Das ist eine Überraschung, wenn nicht sogar DIE Überraschung heute. Wollen Sie sich erklären?", fragt die Kotzbühl.

"Kein Kommentar!", knurrt Großmund. "Es ist alles gesagt!"

Echt jetzt? Ich kann es nicht glauben! Meinst du das ernst, Großmund?

Die Kotzbühl schließt unsere Runde ab, macht Hoffnungen auf eine nächste Runde mit Werken von Kleist, Thomas Mann und Schiller.

Als die Abstimmung der Zuschauer eingeholt werden soll - wenigstens die 1000, die vorher schon ausgewählt wurden und auch die Verpflichtung hatten, alle Lektüren zu lesen - versagt die Technik. Soll ich mich darüber freuen?

"Wir werden das beim nächsten 'Wettkampf! Aber wörtlich!' nachtragen, liebes Publikum zu Hause", sagt die Kotzbühl euphorisch. Auch sie ist froh, dass wir uns heute nicht in den Haaren hatten. "Bis dorthin, sage ich tschüss, schauen Sie in ein gutes Buch und, wer weiß, vielleicht sitzen Sie ja das nächste Mal in dieser Runde." Die Kotzbühl lächelt mir zu.

Für uns hier hat der Abend allerdings erst begonnen. Es gibt einen Literatur-Ball, zu dem Autoren, Kritiker, Politiker und natürlich auch wir eingeladen sind, im Adlon!

Wer möchte sich diese Gelegenheit entgehen

lassen. Ich kann natürlich nicht fehlen. Das wäre ein Affront. Außerdem darf jeder von uns eine Bekannte oder Bekannten mitnehmen. Lilly würde mich steinigen, wenn ich absagen würde.

Der Ballsaal des Adlon ist riesig, ganz in weiß. Unten stehen runde Tische, an denen je 12 Personen Platz finden. Auf einem Flur, der unter der Decke an der Längsseite des Ballsaales entlangführt, stehen 2er-Plätze mit je einem kleinen Tisch. Ich habe mich mit Lilly dorthin zurückgezogen.

"Komm schon, Madi!", sagt Lilly und zupfelt an meinem blauen Kleid. "Tu es mir zuliebe!"

Ich habe keine Lust. Meine Gedanken sind bei Jan. Ich bin nicht in Stimmung. Aber Lilly zuliebe stehe ich trotzdem auf. Wir gehen die Treppen hinunter auf die Tanzfläche. Lilly wird sofort von einem jungen Mann aufgefordert. Keine Ahnung, wer das ist, aber Lilly wird es mir sicherlich später erzählen.

Ich lehne an der Wand, als ich plötzlich von der Seite angetippt werde.

"Würden Sie mir diesen Tanz gönnen!", sagt Großmund.

Mir fällt die Kinnlade herunter. Großmund will mit mir tanzen. Der Oberschlaue mit dem Dummchen? Ich glaube nicht, dass er seine Meinung über mich grundsätzlich geändert hat.

Offenbar merkt er meine Bestürzung.

"Die Schlacht ist geschlagen! Schwamm drüber! Warum sollte ich Ihnen weiter zürnen?"

Klingt sehr versöhnlich. Ja, warum sollte er? Ich hege auch keinen Groll.

Ich zucke unmerklich mit der Schulter. "Gut!", sage ich leise. "Lassen Sie uns tanzen!"

Die Band spielt einen Blues, sie spielt heute Abend überhaupt nur Blues. Kuppler!, denke ich. Sie könnten ja auch mal etwas anderes spielen.

Ich fühle mich ein wenig unwohl. Halt bloß Abstand, Großmund.

Gott sei Dank nimmt er eine klassische Tanzhaltung ein.

"Haben Sie sich schon für die nächste Literarische Debatte beworben?", fragt er.

Ich lache. "Nein, wirklich nicht. An so viel Zufall glaube ich auch wieder nicht!"

"Das wäre aber schade!"

Großmund, denke ich, warum machst du das? Es ist doch überflüssig. Wir haben uns gestritten, uns beleidigt. Ich glaube, du brauchst eher ein paar Professoren, Lektorinnen wie die Wisskat oder Schriftsteller, wie du selber einer bist.

Professoren! Jan, komm zurück!

Großmund zieht mich etwas mehr zu sich heran und legt seine Hände an meine Hüfte. Diesen Tanz noch, denke ich. Dann gehe ich wieder nach oben.

"Ich lese genauso gerne ein spannendes Buch!",

rufe ich ihm ins Ohr, da er mich bei der Musik kaum versteht.

"SPANNEND, das glaube ich gerne!", sagt er.

War das ernst gemeint oder will er mich ärgern? Ist es womöglich seine Art, sich mit mir gutzustellen?

Ich werde es nie erfahren.

Als ich seine Erektion an meinem Bein spüre, wird mir übel. "Mir ist nicht gut!", sage ich ihm, was ja definitiv nicht gelogen ist.

Gut, ich habe keine Angst, von ihm auf der Tanzfläche vergewaltigt zu werden, aber wirklich: Bei manchen Männern scheinen die Worte in der Hose hängenzubleiben oder nur dazu zu dienen, zur Hose zurückzukehren. Ich habe genug davon.

Großmund ist Kavalier genug, um mich zu meinem Platz zu begleiten. Vermutlich ist ihm nicht bewusst, warum ich keine Lust auf einen weiteren Tanz habe. Die Hose verdeckt seine Erregung recht gut. Für dieses Mal tut er mir leid!

"Danke!", flüstere ich, als er mir den Stuhl vorzieht. Ich setze mich, nicke ihm zu. Dann schenke ich mir Wasser ein.

DAS JAHR

Es ist morgen ein Jahr her, dass Jan an- oder, wenn ich Pech habe, er-schossen worden ist. Sein Zustand ist körperlich noch okay, seine inneren

Organe, insbesondere sein Gehirn, in gutem
Zustand. Wie mir seine Mutter mitgeteilt hat, liegt
aber für Jan eine Patientenverfügung vor. Und
diese ist eindeutig. Keine lebensverlängernden
Maßnahmen über ein Jahr hinaus.

Ich habe die Ärzte angefleht. Sie können daran
nichts ändern. Einen Tag habe ich noch. Wenn es
mir heute nicht gelingt, ist es vorbei. Morgen
Abend werden dann die Geräte abgeschaltet.
Anfangs saß ich bei ihm und starrte auf seinen
Gips an der Hand. Erinnerung.

Den Gips hat man ihm mittlerweile
abgenommen.

Ich lese ihm weiter vor. Ich sitze in meinem roten
Kleid an seinem Bett. Ich rot, Jan eingehüllt in
weiß. Ich bin mittlerweile bei Band 7 von Tim
Unsch angekommen, immer wieder unterbrochen
durch andere Lektüren, mal Gedichte, mal
Kurzgeschichten, manchmal nur Tränen.

"Erst als die Sonne hinter der Hohen Liebe durch
die Blätter der Bäume drang und die schrägen
Lichtstreifen den neuen Tag ankündigten, machten
sich Loonika und Joseph zurück auf den Weg nach
Aalgart."

Ich blicke zu Jan, der friedlich zwischen den
weißen Laken schlummert. Unsere 'Hohe Liebe',
sie hatte noch nicht einmal begonnen!

"Loonika hatte der Vorfall mächtig auf die
Stimmung geschlagen. Sie sprach während des

Rückwegs kein Wort mehr.

Auch Joseph hatte keine Antwort. Das war nicht Tims Art, einfach das Tor hinter sich zu schließen."

Ich klappe das Buch zu. Tränen laufen mir über die Wange. Ist es Jans Art, das Tor einfach hinter sich zu schließen? Ich will es nicht hoffen.

Es ist schon nach Mitternacht.

Ich blicke ihn an. Er liegt so friedlich da. Ob er mich überhaupt gehört hat? Wenn er stirbt, hat er dann wenigstens meine Stimme in Erinnerung?

Irgendwann nicke ich ein. Als die Sonne wieder durch die Gardinen dringt, wache ich auf. Der Schlaf im Stuhl ist nicht halb so erholsam wie der im Bett. Jans Gesichtsausdruck hat sich nicht geändert.

Ich habe beschlossen, heute bei Jan zu bleiben. Seine Eltern kommen gegen Abend. Seine Mutter, sein Vater, beide nehmen mich in den Arm.

Um 19:00 Uhr sollen die Ärzte kommen. Sie werden die Prozedur überwachen und gegebenenfalls Jans Tod feststellen.

Um 18:45 hält es Jans Mutter nicht mehr aus. Unter Tränen verlässt sie den Raum, begleitet von ihrem Mann.

Ich setze mich aufs Bett, zu Jan, ans Kopfende und streichle ihm zart über die Wange.

"Dein Jahr ist zu Ende!", flüstere ich. "Dein Trauerjahr!"

Im Endeffekt war es mein Trauerjahr. Tränen

tropfen auf das Laken. "Jan!", flüstere ich. "Jan! Bitte!" Er regt sich nicht.

Ich breche in Tränen aus, beginne zu schluchzen und wische mir mit dem Laken die Tränen aus dem Gesicht.

"Jan, Jan, Jan!", schluchze ich. "Warum?"

Die Tür geht auf. Dr. Finsterwalder blickt zu mir. Er ist der behandelnde Arzt, ganz in Weiß, nur die Augen blau, verzeihend. Kann man dem Schicksal verzeihen?

Hoffentlich ist sein Name kein böses Omen, denke ich. Madelaine! Sei nicht abergläubisch! Vielleicht ist er ja der Lichtblick im finsteren Wald.

Aber es sieht nicht so aus. Jan liegt reglos da. Das Schicksal ist ungerecht! Warum?

Ich blicke Dr. Finsterwalder an. Schüttle den Kopf, wische mir eine Träne ab. Dann stehe ich schweren Herzens auf.

Ich schluchze erneut. Langsam bewege ich mich zur Tür.

Dr. Finsterwalder ist an der Tür stehen geblieben. Er schaut mich mitfühlend an. Dann tritt er zur Seite.

"Madelaine!", höre ich plötzlich eine leise Stimme.

Erschrocken fahre ich herum. Jan hat die Augen aufgeschlagen und blickt angestrengt zu mir.

Ich stürze ins Zimmer. "Du bist wach!", rufe ich.

Ich blicke kurz zu Dr. Finsterwalder. Er lächelt.

Dann lässt er mich mit Jan alleine.

Ich breche unter lautem Schluchzen über Jan zusammen. Mühsam legt er seine Hand auf meinen Rücken.

"Ist das Jahr schon vorbei!", flüstert er.

Trotz der vielen Tränen stoße ich ein hilfloses Lachen hervor.

Ich reibe mir die Tränen aus den Augen und richte mich auf, blicke ihn an. Er wirkt so gelassen.

"Sag mir nicht, dass du eine eingebaute Uhr hast!", scherze ich, dann durchfährt mich wieder ein Schluchzer.

Jan lächelt schwach, dann schüttelt er unmerklich den Kopf.

Ich blicke ihn an. Plötzlich hebt er seine Hand an meinen Nacken, streichelt mich und zieht mich dann vorsichtig zu sich hinunter.

Ein Kuss, vermischt mit unzähligen Tränen.

Jan nimmt meinen Kopf in beide Hände. Er will mir etwas ins Ohr flüstern.

"Madelaine!", haucht er. "Als ich den Schuss hörte, dachte ich, du wärst mein Abendrot."

Ich schaue ihn an und grinse.

Er fast in meine roten Haare, küsst mich erneut.

"Jetzt weiß ich, dass es nicht so ist", sagt er, "du bist mein Morgenrot! Madelaine!"

Ich blicke nach draußen, wo die Sonne die abenteuerlichsten Rottöne an den Himmel malt. Ein Abendrot draußen, ja.

Aber in unserer Welt geht die Sonne gerade auf.

Worte der Trauer und Worte der Liebe haben eines gemeinsam.
Sie sind in Tränen gekleidet, damit sie das Licht hindurchlassen!
Bis zu mir, Madelaine!